어디로 가세요 **펀자이씨?**

펀자이씨툰 1

어디로 가세요
펀자이씨?

กำลังจะไปไหน ปันจ้ายสีห์

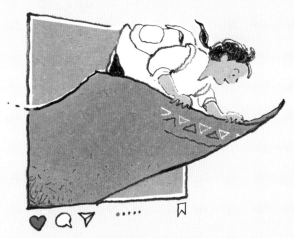

글·그림
엄유진

문학동네

차례

날아온 연필 _6
펀자이씨툰의 시작 _10
✎ 그림 그리는 사람입니다 _20

① **1장 선천적 부끄럼쟁이**

날 보지 말아요 _24
선천적 시선 알레르기 _30
✎ 수줍은 이들의 동창회 _36

② **2장 바깥 세계로의 여행**

전학생 _38
새로운 짝꿍 _43
힘이 필요해 _49
편견과 차별 _55
✎ '다르다'와 '틀리다' _60

자유의 무게 _92
어느 날 문득 _96
결심 _99
준비, 땅 _104
낯선 길로 걷기 _108
✎ 서른 즈음에 _114

시인과 바야바 _62
흉터와 향기 _72
나와의 약속 _78
✎ 깍두기 _88

부끄러움이란 _116
소원성취 _120
✎ 스마트 쿠키 _122

무리한 눈 맞춤 _129
신경쓰이는 패션 _131
요리사 치 _133
놓고 간 게 있어 _136
기숙사 친구들 _137
사라진 가방 ❶ _141
사라진 가방 ❷ _146
사라진 가방 ❸ _149
✎ 선을 넘은 괴짜들 _155

3장 마법의 양탄자

밀크티 만들기 _160
붉은색 사냥 _164
발길 닿는 대로 _166
길 위에서 만난 사람들 _174
날개를 펴다 _180
✎ 런던에서의 일 년 _184

마티나의 영화 수업 _188
일상을 채우는 것들 _194
✎ 일 년 더, 런던 _197

떠나는 사람들 _199
날아가버린 양탄자 _202
희망이 사라졌을 때 _210
✎ 농부의 구두 _218

어린왕자를 꿈꾸다 _220
다시 열어본 그림책 _223
✎ 조너선의 편지 _229

4장 사랑에 빠지다

우연히 스치다 _234
사랑에 빠지는 순간 _242
✎ 사고마비 현상 _247

반짝반짝 빛나던 _252
✎ 파콘의 편지 _253

✎ 저마다의 영사실 _254
감사의 말 _256

슬픔이 차오를 때 _260
나답게 산다는 것 _264

To. 유진

이것은 저 유명한 허밍웨이,
존 스타인벡과 같은 문필가와
예술가들이 즐겨 사용했던
연필이래.

비록 당분간 네 몸은
자유롭지 못하겠지만

편자이씨툰의 시작

펀자이씨툰이 시작된 해에는
많은 일들이 한꺼번에 벌어졌었다.

나는
눈코 뜰새 없이
바빴고

누군가의 도움 없이는
프리랜스 일러스트레이터로
복귀하기가 어려움을 깨달았다.

15년이 넘게 그림 그리는 일로
수입을 만들어 왔음에도
다른 이의 글,
다른 이의 콘셉트에 맞추어
노동력을 제공해온
대체 가능한 작가임을
알게 되었고

11

천군만마 같던 어머니가
지속적으로 기억을
잃어가는 병에 걸렸다는 것을
알게 되었다.

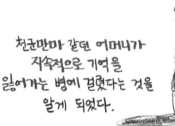

어려움의 시기가 겹치자
서로에게 가장 큰 행복을 주던 존재가
가장 큰 상처를 줄수 있다는 사실도.

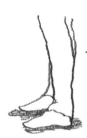

예상치 못했던
사고와 질병이
불시에 인생을
가로막을 수 있다는
사실도 알게 되었다.

빛이 눈을 찔러서
앞을
볼수가
없어.

지금 시력을
잃으면 안 돼.

눈이 없는
나는
아무것도
아니야.

(실명에 이를 수 있는 급성 녹내장 진단)

그림과 여행을 좋아하던 나에게
다정함과 경이로움이었던 빛이

날카로운 칼이 되어
나를 공격할 줄 몰랐다.

암흑 속에서 길을 잃었을 때

곁에 있던 이들은

그것은 녹내장으로 오진되었던
급성 포도막염이었다.
회복 후 든 생각은

어쩌면 삶은 소소함의 연속이라는 것.

더 늦기 전에
기록하고 싶다.

내 인생에서
중요했던
순간들.

2018년 여름 어느 날부터

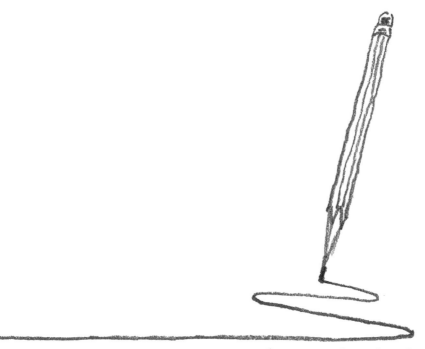

편자이씨 쓰고 그리다.

그림 그리는 사람입니다

대학 시절, 소설가인 어머니의 첫 에세이집 『사랑의 선택』에 삽화를
그린 것이 보수를 받은 첫번째 그림 작업이었다. 이후 일러스트레이터와
그래픽 디자이너로 활동하며 방송과 출판 분야에서 커리어를 쌓았다.
의뢰인의 요구에 맞추어 이미지를 만들어낸 뒤 대가를 받는 일이
재미있고 적성에도 맞았다. 그러나 가정을 이루고 육아를 시작한 서른
중반 즈음, 예상치 못한 긴 공백기가 찾아왔다.

아기가 영유아기를 지날 때까지만 쉬어갈 생각이었지만, 그 이삼 년
남짓한 동안 의뢰인은 급격히 줄어들었다. 빠르게 변화하는 트렌드
속에서 새로이 등장하는 작가들이 내가 있던 자리를 대체해가는 것을
속수무책으로 보고만 있었다. 이대로라면 나를 필요로 하는 이가 완전히
없어지는 건 시간 문제일 것 같았다. 조급한 마음에 일을 맡아보기도
했지만 아기를 돌보면서 단기간 내에 치열한 집중력을 요하는 작업을
수행하는 것은 무리였다. 병행할 수 없다면 육아에 전념하기로
결심했다. 그럼에도 때때로, 나만의 콘텐츠를 찾지 못한다면 다시는
부름을 받지 못할 수 있다는 불안감이 찾아들곤 했다.

아이가 네 살이 되던 2018년 여름, 집에서 혼자 끄적이던 일기장을
다듬어 인스타그램에 올린 것이 『펀자이씨툰』의 시작이다. 시간과
장소가 제약된 상황에서도 연필과 종이만 있으면 이야기를 쓰고 그릴
수 있었다. 아이와의 추억을 기록할 겸 그림이 그리고 싶어 시작한

취미생활이, 평범한 일상 속에서 소재를 찾아내고 흥미로운 이야기가
되도록 배치해보는 스토리텔링 연습이 되었다.

이전까지 써오던 일기장과『펀자이씨툰』의 큰 차이는, 이야기를
보아주는 독자가 생겼다는 점이다. 알려지지도 않은 아무개의 그림을
누군가가 와서 보고 '좋아요'를 눌러주고 간다는 사실이 신기하고
설렜다. 사람들의 피드백을 받으면 활력이 생겼다. 내 안에서만
맴돌던 감각과 생각이 마치 민들레 홀씨처럼 모르는 이들의 마음으로
날아가 새로운 생명을 얻는 기분이었다. 독자의 존재는 작업에도
변화를 가져왔다. 제한된 시간 안에 작업을 마쳐야 했기에, 그림을 잘
그리기보다 대화의 생생함을 살리는 쪽에 힘을 쏟았다. 그리고 업로드
횟수를 늘려 더 재미있는 이야기를 들려주는 데에 집중했다.

일러스트레이터로 일해오면서 그림을 멋지게 그리고 독특한 스타일을
만들기 위해 노력한 적은 있지만 다른 이들에게 '이야기를 잘 들려주기
위해' 애쓴 적은 별로 없었다. 불특정 다수에게 이야기를 들려주는 일은
지금까지 해왔던 어떤 일보다 재미있고 중독적이었다.『펀자이씨툰』을
본 이들이 웃거나 즐거워하면, 어서 또 그런 반응이 보고 싶어서 다음
이야깃거리를 찾아보게 되었다. 붙잡지 않았다면 스쳐가버렸을 사소한
기록들이 차곡차곡 쌓여갔다.

1장

선천적 부끄럼쟁이

사람들은 '다르다'와 '틀리다'의 차이를 알면서도
굳이 정확하게 구별해 사용하려는 노력을 기울이지
않는다. 다른 것은 틀린 것과 다름없다고 생각하는
것 같다.

우리 눈은 총알처럼 빠른 것을 보지 못한다.
나무의 성장처럼 느린 것도 보지 못한다. 그런데도
사람들은 자신이 본 것이 전부이며, 자신이 아는
것이 가장 옳다고 쉽게 믿어버린다.

자신과 모양이 다른 존재를 보고도 편견을 가지지
않기란 쉽지 않다. 하지만 생긴 대로 사는 사람들을
내버려두어도 큰일이 일어나지 않는다는 것을,
'다양함'이 빛을 발할 때 삶이 훨씬 풍요롭고
자유로워진다는 것을 어린이들이 겪어보았으면
좋겠다. 서로의 경험을 통해 세상을 변화시킬 수
있다면 나는 끊임없이 더 많은 사람들에게 이
이야기를 전하고 싶다.

9O년대 화실

아그리파를
째려본다.

눈코입의
위치를
추적한...

\타악/

!

선생님 저 그리는거
보지 말아주세요

어이가
없네

못 그리겠
잖아요

휘이

그럼
내가 네
그림을 어게
고쳐줘?

난 작은 부끄러움들을 가리기 위해
더 큰 부끄러운 행동들을 하곤 했다.

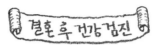

그 버릇을 좀체로
남 주지 못했다.

학창시절 가장 두려운 시간이 자기소개 시간이었고

10살 때 보낸 1년간의
미국생활 중 7개월을
침묵으로 보냈다.

그러나 누구도 그런 내 모습을 저지하거나
언급하지 않았고, 미국생활 10개월 만에
친구들이 생겼다. 간신히 내뱉은 첫 영어 문장에
선생님은 호들갑스러울 정도로 기뻐했지만

적응하기가 무섭게

다시 한국으로 전학.

특히 낯선 이와 눈 맞추고 이야기하는
상황에서 어려움을 느꼈는데

1초, 2초, 3초, 4초, 5초...

아이고, 도저히 더는 못 견디겠다.

이 증세의 원인과 이름을 아시는 분은
속히 알려주시기 바랍니다.

수줍은 이들의 동창회

초등학생 시절, 전학을 자주 다녔다. 사람들과 있는 걸 좋아하지만 시선에 예민했던 나는 누군가와 가까워지려면 긴 숙성의 시간이 필요했다. 반 친구들 앞에서 자기소개나 발표를 해야 할 때면 날 향한 시선에 온몸이 녹아내리는 기분이 들었고, 종종 정신이 혼미해지기까지 했다. 지금 돌이켜보면 답답한 노릇이지만 다시 그때로 돌아가도 그렇게 행동할 수밖에 없을 것처럼 당시의 감정이 생생하다.

그래서 나는 아직도 그때의 경험을 그림 속에 묘사하곤 한다. 「날 보지 말아요」가 바로 그 추억의 에피소드인 셈인데, 이 에피소드를 업로드한 날, 놀랍게도 곳곳에 숨어 있던 수많은 내적 동지들이 우르르 나타났다.

수줍음 많은 이 동지들은 눈에 관한 이야기를 나누기 시작했다. 눈에는 영혼이 담겨 있다는 믿음을 설파하는 사람도 있었고, 일부 곤충이나 식물들은 천적을 방어하기 위해 거대한 눈 모양의 무늬를 갖춘 형태로 발달했다는 진화론을 전파하는 사람도 있었다. 어떤 사람은 수줍음이 많은 성격 탓에 사람들의 시선을 피하려고 애쓰다가 무뚝뚝한 사람이 되어버렸다고 고백했다. '정상인으로 감쪽같이 위장한 채 살아가는 직장인'이라고 자신을 소개한 한 남자는 우리가 앓고 있는 이 증상을

'선천적 시선 알레르기'라고 명명했다. 이렇게 병명까지 알고 나니 더이상 혼자가 아닌 기분이었다. 잘만 다스리면 의학적으로 완치도 될 수 있을 것 같다는 누군가의 말에 웃음의 댓글이 따라붙었다. 수줍은 이들의 동창회 같은 이날의 대화는, 인생에 수줍음이 왜 필요한지 모르겠다는 털털한 친구들의 눈에는 참으로 기이한 현상으로 보였다고 한다.

전학생

수줍음과 웃음이
많던 어린이는
네 번의 전학과
1년의 외국 생활을
하며 내향성이
강화되었다.

한국♥ 한국어♥

타지에서
알게 모르게
이질감과
소외감을
느끼며
→

그리워했던
한국이고
친구들이었기에

살이 쪘다는 것이
그렇게 큰 흠이 되는 줄 몰랐다.

뒷자리에 앉은 남학생들
몇 명이 시작했다.
처음엔 나를 향한 말이었다는 것도
눈치채지 못했다.

차라리 못 알아듣는
언어인 것이 나을 수도 있었다.

11살 어린이들이
뱉어내는 말들이
칼처럼 아팠다.

나는 넉살도 임기응변도 없는
전학생이었다. 한두 명이
시작하자 그나마 나에게
호의를 보이던 친구들도
멀어졌다.

집에 같이 갈래?

응

집이
어디야?

가까워졌던 친구도

떠나갔다.

나에게 친절했던
대가가 눈물이라니.

나는 대체

어떤
존재인 거지?

심장이
아파서
숨이
막힐것
같았지만

딸깍

눈물이 나오지는 않았다.
어쩌면 친구는 필요 없는
것인지도 모른다.

책 속에는 훨씬
근사한 모험들과
멋진 사람들이
있었다.

왕따 취급은
왕따를 만들었다.

나는 얼굴을 가리기
위해 앞머리를
기르고

팔다리의
털을 가리기 위해
한여름에도
긴 옷을
입기 시작했다.

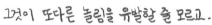

그것이 또다른 놀림을 유발할 줄 모르고.

사람이
싫어졌으므로
누군가에게 잘 보이고
싶지도 않았다.

슬픈 생각이 들면
맛있는 것을 먹었다.

같은 옷을
반복해서 입었다.

외모에 대해
싫은 소리를
듣는 것은 만성이
되었다.

웃음을 잃은 나는
그냥 그런 애
같았다.

43

인기 많은 반장과 짝이 되었다.

예상대로 아이들이 짝꿍을 놀리기 시작했다.
그런데 짝꿍은 아이들의 놀림에 화를 내거나
한술 더 떠 나를 놀림으로써 아이들의
웃음을 유발하지 않았다.

그리고 그날은 가창 시험이
있는 날이었다.

노래, 율동, 운동, 발표 등 사람들 앞에서
하는 것의 최하점수는 내가 도맡았다.

그런 말들은 이제 늘 밟고 지나가야 하는
가시밭길 같은 것이었다.

난 듣고도 안 들린 것처럼
그 말들을 무시했는데

짝꿍은 초조한 듯 다리를 떨며
들고 있던 종이를 반복적으로
접었다 폈다 하더니

냅다 일어서서

단단하게 뭉친 종이를 하나씩 날렸다.

반장의 화려한 럅솜씨에
분위기가 험악해지나 싶었지만

그애들은 이내 분열되어
서로를 놀리기 시작했다.

그리고 학기가 끝날 때까지
오이지와 명태로 불렸다.

그렇다고 해서 그 아이와
나 사이에 대단한 우정이 생기거나
생활의 큰 변화가 생긴 것은 아니다.

안녕!

안녕!

그냥 나에게도 보통 친구에게
인사하듯 인사하는 친구가 생겼을 뿐.
하지만 그것만으로도 아이들은 어쩌면
내가 함부로 대해도 되는 아이가
아닌지도 모른다는 생각을 하게 된 듯했다.

나 역시 나 자신을 그렇게 가혹한 상황으로 몰리게
내버려둬서는 안 된다는
생각을 하게 됐다.

학년이 바뀌었다.
나는 반장처럼 정의롭고
멋진 사람이 되고 싶었다.

틀린 걸 틀리다고 말하고
싫은 걸 싫다고 말하며

누군가에게 힘이
되어주고 싶었지만

이내 깨달은 것은

정의롭고 관대한 것도
힘과 매력이 있어야 가능하다는 것.

그냥 자기가
있고 싶은
모습 그대로
있는 것에도
힘이
필요해.

왜 맨날
혼자 다니지?

친구가 없나봐.

성격이 이상한거
아니야?

처음으로 머리를 질끈 올려 묶고
공부를 시작했다.

다이어트도 시작했다.

좋은 사람이
되기 위해서는

자유롭기
위해서는

힘이 필요해.

사람을
판단하는
기준이
등급과
서열이라면

등급과
서열로
눌러주겠어.

성적이 공개되는 것을 노렸다.

뒤에서 8등이
몇 개월 만에
앞에서 5등이
되었으므로
부정행위 의혹으로
명단에 올랐다.
교무실을 들락거렸다.

다음.

선생님들이
내 이름을
기억하기 시작했고
아이들이
수군거렸다.

희열을
느꼈다.

나는 표준 체중을 유지하고
머리카락을 단정하게
빗어서
묶어올렸다.

튀는 행동을
하지 않으려고
노력했다.

편견과 차별

55

소질 없는 수학은
버렸지만

노력한 만큼 결과가 나오는 암기과목이나
현실을 잊게 해주는 문학, 세계사 등을 좋아했다.

나를 말로 난도질하던 아이들은
언제부터인가 보이지 않았다.

깎고 다듬어 모나지 않은
평범함의 반열에
들어섰지만
마음은 한결
시니컬해졌다.

우리가 사는 세상에는
편견과 차별이 없어야
합니다. 인간은 존재 자체로
존중받아야 합니다.

그렇지

밑줄 쳐.
'인간 존엄성'

주관식
5점 짜리.

인간이 모여 있는 곳에 어떻게 편견과 차별이 없을 수 있어?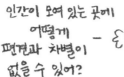

인간은 눈 뜨면서부터 편견을 가지고 행동하면서 차별을 해.

어린애 셋만 모여도 판단에 편견이 들어가고 우열이 생긴다고.

그냥 그게 인간 본능 이라고 말해. 가려내고 분리하고 등급을 매기고 내 것과 아닌 것을 구별하면서 살아남는 거라고. 그게 인간이 살아 있다는 거라고.

편견과 차별은 인간 DNA에 박혀 있어!

아무리 앉아서
인간은 존재
자체로서
존중받아야
한다고
외치고

세상에 대해
쉴새없이
불평해도

움직이지 않으면
아무 변화 없어.

등수를 공개하고,   피부 색깔로
                      사람을 판단하고,

우열반을 가르고,

남녀를 나누고,   남들을 밟고
                     이기라고 가르치고.

왕따를 당하니
왕따를 시키라고 말하면서,

편견과 차별은
없어야 하는 것이라고
말하지 말고.

'다르다'와 '틀리다'

사람들은 '다르다'와 '틀리다'의 차이를 알면서도 굳이 정확하게 구별해 사용하려는 노력을 기울이지 않는다. 다른 것은 틀린 것과 다름없다고 생각하는 것 같다.

같은 반 아이들이 처음부터 나를 외면한 것은 아니었다. 갓 전학 왔을 무렵 아이들은 나를 '미국에서 온 애'라고 부르며 호기심을 보였다. 영어 문구가 적힌 가방이나 학용품을 가져와서 읽어달라고 부탁했다. 미국에서 일 년 남짓 학교를 다닌 걸로는 간단한 단어와 문장 정도만 읽을 수 있었다. 하지만 기대감에 찬 눈빛들 앞에서 모른다는 말이 선뜻 나오지도 않았다. 멍청이가 되느냐 숙맥이 되느냐의 기로에서 망설이던 순간, 한 아이가 정적을 깨며 다른 친구들에게 답을 내렸다.
"뭐야, 대답도 안 하고. 미국에서 왔다고 잘난 척하는 거네, 쟤."

아이들은 내 외모와 행동에서 자신들과 다른 점을 빠르게 찾아내기 시작했다. 그렇게 미국에서 온 전학생은 남은 학기 내내 평균치에 속하는 데 실패했다. 다른 나라에 있는 동안 같은 언어와 추억을 공유할 수 있는 이곳을 그리워했건만, 정작 이곳에서 내가 '다른' 사람일 때 겪게 될 어려움은 예상하지 못했다.

자신감을 잃고 그림자 속으로 숨어들어가던 나에게 작은 변화를 일으킨 사람은, 체구가 자그마하고 눈빛이 맑은 남자아이였다. 그 아이는 다른

남자애들처럼 나를 괴롭히지 않았고, 무관심한 태도로 성가신 일들을
피하지도 않았다. 난처한 상황에 처했을 때 그 아이가 보인 몇 가지
행동들은 나에게 큰 도움이 되었다. 이 경험을 통해 다른 이를 돕거나
배려하는 행위는 앞을 내다보고 주위를 살필 줄 알아야 가능한 일이라는
것을, 옳고 그름에 대해 생각하고 그 생각을 실행할 힘이 있어야
가능하다는 것을 알게 되었다.
언제부터인가 나는 반에서 소외되는 것을 당연시했는데 원래는 그렇지
않았다는 사실을 기억해냈다. 나는 동네를 뛰어다니며 활기차게 웃고
떠들었으며, 친구가 많은 어린이였다. 언니 오빠를 따르고 동생들을
돌보는, 친절하고 밝은 어린이였다.

우리 눈은 총알처럼 빠른 것을 보지 못한다. 나무의 성장처럼 느린 것도
보지 못한다. 박테리아처럼 미세한 것도, 우주처럼 광활한 것도 보지
못한다. 코앞으로 다가온 미래의 시간도, 바로 곁에 있는 이의 마음도
보지 못한다. 그런데도 사람들은 자신이 본 것이 전부이며 자신이 아는
것이 가장 옳다고 쉽게 믿어버린다.

친구는 그렇게
불숙 나타났다.

야, 너 한문 좀
하던데 어떻게
외우는 건지 가르쳐줘.

한문?

어..., 그건
쓰고 또 쓰고
외워서...

아련!

놀림 받지.

그런데
넌 털 때문에
놀림
안 받어?

우리
털 사람들
진화가
덜 됐다고.

난 털이 그렇게 많이 난 아이를 처음 보았고,
그렇게 매력적인 아이도 처음 보았다.

그녀가 다가오고

사람들이 지적하던 내 약점들에 대해
웃을 수 있게 되었을때 비로소
많은 것에서 해방될 수 있었다.

그녀로 인해 학교는
다른 곳이 되었다.

추억이 켜켜이 쌓여갔다.

함께 먹고

남들이 모르는 아픔을 나누고

장점 다음엔 단점을 알아가고

다투고

화해
했다.

계절이 몇 번 바뀌자
우리는 서로의 말투나 취향,
사소한 습관들을 알게 되었고

서로의 기분이나 행동을
예측할 수 있게 되었다.

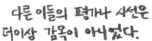
다른 이들의 평가나 시선은
더이상 감옥이 아니었다.

고민이 뭔데! 누가
너 딸딸하다고 놀렸어?

가만두지 않겠어!

네가
딸딸한건
사실이지만
너의 딸딸함은
나만이 놀릴
수 있는 거라고.

ㅋㅋㅋㅋ

푸하

기회를 틈타서
하고 싶은 말
하지 말고.

내 얘기 먼저
들어 봐.

네 딸딸함에
대한 나의 소유권을
주장하는 바이다.

다른 종류의 아픔을 겪고 있던 우리는
서로에게 안전지대가 되어주었고

관계의
튼튼함을
겪고나니

유진아

유진아

다른 관계들 사이에서도
평화가 찾아오기 시작했다.

유진아!
쟤 네 친구
아니야?

끊임없이 평가가
이루어지는 세상에서

ㅋㅋㅋ

억ㅋㅋㅋㅋㅋ
ㅋ

아까부터
저러고 있는데
좀 봐줘라.

서로의 부족한 점을 아우르며 편이 되어주는
단 한 명의 친구는 든든한 성벽처럼 느껴졌다.

흉터와 향기

하지만

친구와의 이별은
예고 없이 찾아왔다.

친구가 떠난 자리를
품은 채
키 한뼘이
자랐다.

 살면서 어떤 기억은
흉터를 남겼고

어떤 기억은
향기를 남겼다.

그녀가 남기고 간
향기 덕분인지
사랑을 많이
받았다.

나와 친구가
되고 싶다고 했다.

아이들은 내가
좋은 사람
이라고 했고

이 시기에 인생 친구들을 만났다.

지루하게 반복되는 일상과 입시에 대한 중압감을 깨트리며 비어져나오는 친구들의 웃음 소리를 좋아했고

그렇게 안 봤는데...

네가 땡땡이를 주도해?!

장난기도 극에 달했다.

뭐어라고?

말도 안 돼!

고백도 받아보고 짝사랑의 대상도 되어보았다.

즐거움과 관심 속에
점점 더 사람들이
기대하고 원하는
모습이 되기 위해
노력도 했지만

넌 이런 사람이잖아.

이렇게 해야지.

그건 너답지 않아.

모든 이에게
만족스러운 사람이
된다는 것은 어렵고
피곤한 일이라는 것을
알게 되었을 때

원래 내 모습으로
돌아가기로 했다.

그것은 어쩌면
인생의 담금질 같은
것이었다.

이미지의
힘과 허상.

내가 겪었던 시련과 인내가
개개인의 판단과 이성에
의했던 것이 아니라 강한
집단 동조현상과 군중심리에
의한 것이었다는 생각이 든 후로

대세에 따르지 않는 것이
크게 두렵지 않아졌다.

판단의 중심은 나여야 한다.

비록 지축까지 뒤흔들리는
세상일지라도.

핫둘,
핫둘-

사람들이 모여 사는 곳에서
편견과 차별, 대립과 갈등이
완전히 사라지는 일은
없을 것이다.

주섬

주섬

나와 생각이나 행동, 생김새가
다르면 얕잖아 보이고,
마음에 들지 않으면 인생에서
빼버리거나 괴롭히고 싶은 것은
어쩌면 당연한 일이다.

하지만 기억해야 한다.

재미로 약점을 잡아 누군가를 괴롭히는 것은
자신을 주류이자 강자인 것처럼 느끼게 하지만,

곤란한 상황에 처한 사람을 돕는 것이야말로

그런 행동은 사실 약한 사람이 하는 행동임을.

강한 사람만이 할 수 있는 행동임을.

사람을 있는 그대로의 모습으로
받아들이는 것, 그리고

다른 이의 마음을
얻을 줄 아는 것이야말로
어려운 일임을.

혼자인 것이 부끄러운 것이 아니라

성장한다는 것은 때로

떠도는 소문만으로 여러 사람이
작은 한 사람에게 우르르
돌 던지는 것이

부끄러운 것임을.

스쳐지나가는 크고 작은 행복들과
좋은 인연들을 놓치지 않기를.

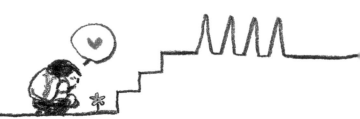

나 자신에게도.

누군가에게는
좋은 사람이 될 수 있기를.

안녕

안녕

기억하고
지키려고 노력하면서
살고 있어.

너와의 약속.

골목길에서 뛰어놀던 어린 시절에는 '깍두기'가 있었다. 편을 가르고
남는 친구나 어린 동생들이 주로 깍두기가 되었다. 이 깍두기들은
게임을 잘 못해도 괜찮았고, 죽었다가도 다시 살아나는 특혜를 누렸다.
이들을 깍두기라 부른 까닭은 무 반찬을 만든 뒤 어중간하게 남은
나머지로 깍두기를 만든 데서 유래했다는데, 놀기 바쁜 어린이들은
호칭의 유래 따위를 궁금해하지도 않았다. 깍두기를 챙긴다는 건 귀찮은
일일 수도 있지만, 각자의 자리를 조금씩 내어주어 소외되는 친구들을
놀이에 참여시킬 수 있는 좋은 방법이었다.

어린이들은 놀이를 통해 경쟁하는 법과 어울리는 법을 함께 배워갔다.
친구와 마음이 안 맞을 때도 있고 싸우기도 했지만 누구 하나를 특정해
단체로 괴롭히는 일은 없었다. 땅거미가 질 때까지 온종일 같이
뛰어놀고도 늘 헤어짐을 아쉬워했던 건 그때의 우리에겐 누군가를
따돌리고 괴롭히려는 모난 마음이 없었기 때문일 것이다.

모습이 다르거나 약한 존재를 배제하고 도태시키려는 행위는, 생존
경쟁에서 살아남기 위해 인간의 유전자 속에 새겨진 프로그램일지도
모른다. 하지만 누군가를 도우며 보람을 느끼거나 도움을 받고 고마움을

느끼는 것 역시, 함께 살아가기 위해 우리 안에 새겨진 본능 아닐까?

자신과 모양이 다른 존재를 보고도 편견을 가지지 않기란 쉽지 않다.
하지만 생긴 대로 사는 사람들을 내버려두어도 큰일이 일어나지
않는다는 것을, '다양함'이 빛을 발할 때 삶이 훨씬 풍요롭고
자유로워진다는 것을 어린이들이 겪어보았으면 좋겠다. 이미 경험해본
사람들이 미처 알지 못하는 사람들에게 이야기해줄 수 있으면 좋겠다.
서로의 경험을 통해 세상을 변화시킬 수 있다면 나는 끊임없이 더 많은
사람들에게 이 이야기를 전하고 싶다.

2장

하루는 짧았고 반복되는 일과가 일상을 채웠다. 더 늦기 전에 삶에 변화를 주고 싶은 생각이 들었지만 그러기엔 이미 나이도 들고 일도 바빴다. 하지만 언제 나이가 줄어들 것이고, 언제 덜 바빠질 것인가?

오랜 고민 끝에 다니던 직장을 그만두고 일 년 동안 떠나기로 결심했다. 목표는 단 일 년 만이라도 내가 원하는 방식대로 혼자 생활해보는 것이었다. 유수한 명작들이 탄생한 '이야기의 나라' 한가운데에서 살아보고 싶었다. 모르는 길 구석구석을 여유롭게 돌아다니다가 지치면 이층버스를 타고 나만의 방으로 돌아가고 싶었다.

일러스트레이션과 대학원 동기들은 개성 있고 자기주장이 강한 친구들이었다. 모두들 어딘가 선을 넘은 괴짜라는 점에서 편안함이 느껴졌다. 격식 없이 농담을 건네는 사람들, 자유로운 옷차림으로 거리를 활보하는 사람들의 모습을 보는 것만으로도 숨통이 트이는 기분이었다. 어쩌면 이것이 인간 사회가 이룰 수 있는 가장 아름다운 모습이 아니었을까?

바깥 세계로의 여행

의문도 가져보지 않고
밀려가며 살다가
듣게 된 말은

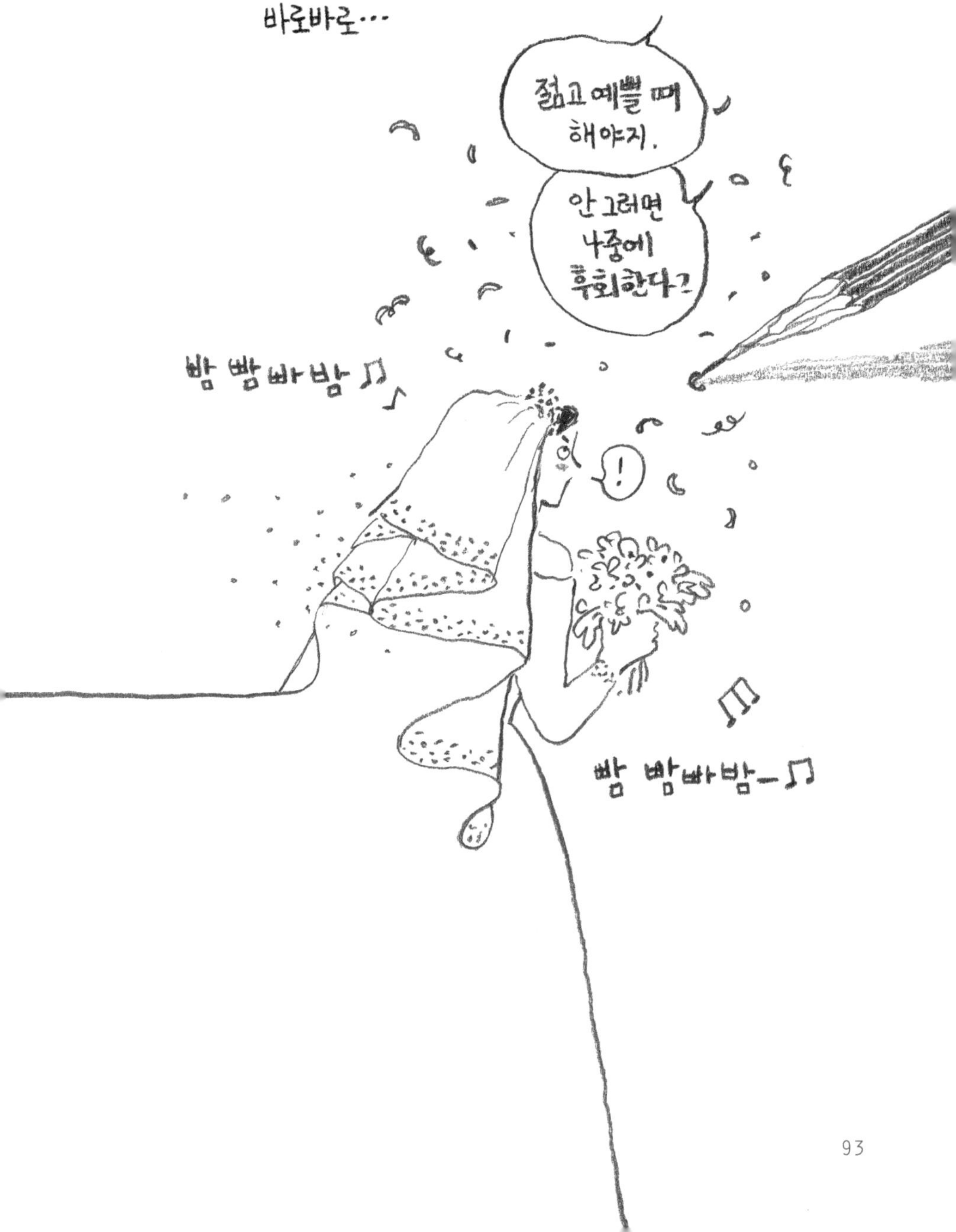
바로바로…
젊고 예쁠 때 해야지.
안 그러면 나중에 후회한다고
!
빰 빰빠밤
빰 빰빠밤–

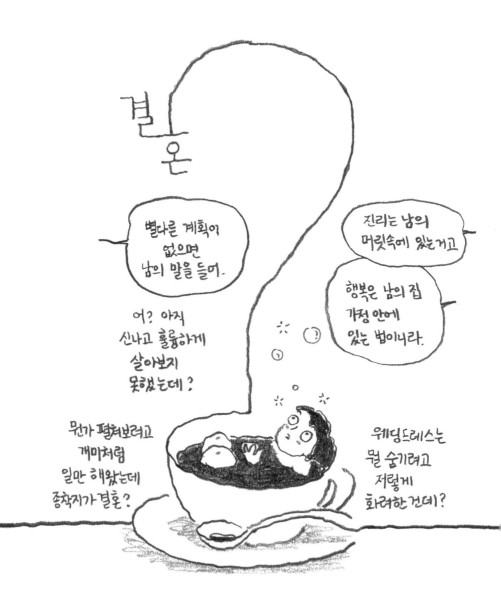

날마다 보던 천장이 너무나 무거워 보이고

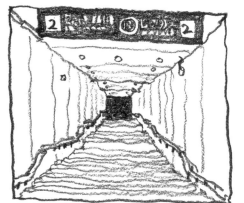

매일 다니면 길이 유난히 길고 답답해 보이고

잘 정돈된 방이 허무해 보였다.

변화에 이끌릴 것인가
변화를 일으킬 것인가

ㅇㅇ은 유치원 다니고 초등학교 다니고 중학교 다니고 고등학교 다니고 그 다음 학교 가고 그 다음 학교 가고 직장다니고 뭐든 귀엽게 얽어매여 짜여진 스케쥴대로 삶고 2차선인데 동양적으로 소아비같이 묻히고 이렇게 친대로 하다가 격출하며 또 짜여진대로 막 잡듯은며 삿세 타것기 연습하 공부해서 리얼한오 가고 온다 멋진 삶이 되꼭 ㅇㅇ잇는게 문쳐쳐 한상이있다걸까 인간은 죽을 때까지 시기 어 풀기고 누군가에게 인정받기 위해 달려 다가 눌려하서 죽는 걸까 가유다 모랑을 언게 차이낸노거지 다른 사람들은 어떻게 살고 이부르러 조리 묵어 소각놀 아그쌔너

결
심

안 되겠다.

...

떠나야겠다.

울타리는 나를 안전하게 보호해주지만
나를 바깥 세상으로부터 차단하기도 한다.

그것은 어쩔 수 없는
울타리의 속성이다.

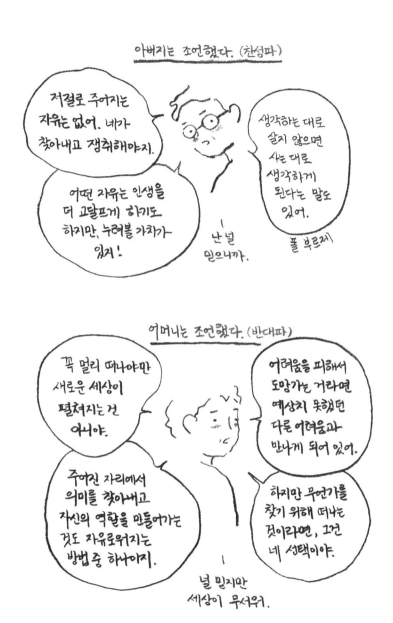

두 분의 조언은 인상적이었고
나의 결심은 바뀌지 않았다.
선택에는 책임이 뒤따른다는 점만
더 분명히 인식했을 뿐이다.
물론 많은 이들이 선택하지 않은 길에는
더 많은 경고와 구설수가 따라붙는다.

그래서 자유의 무게는
가볍고도 무겁다.
안전이 보장되는 모험은 없다.
낯선 길은 호기심과 함께
두려움을 불러온다.

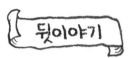

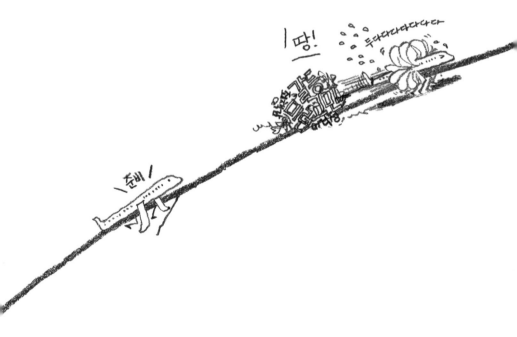

여엉차!

특

순식간에 멀어지는
땅 위의 흔적처럼,
나를 옭아매던 걱정들도
저만치 멀어진다.

상상 속에서만 존재하던 시간이
기어이 나를 찾아온 것이다.

약간 홀가분해졌다는 느낌 외에는,
아직 모든 것에 무감각하다.

딱 일년. 온전히
내 뜻대로 운영해갈 시간.

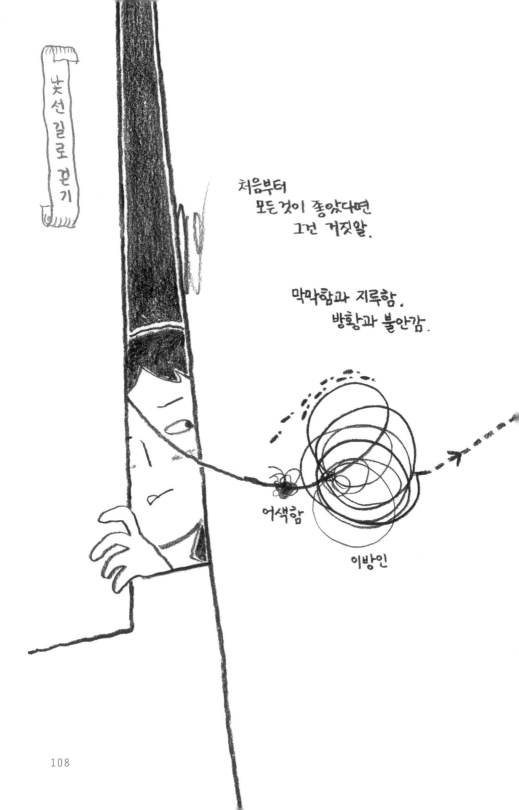

낯선 길로 걷기

처음부터
모든것이 좋았다면
그건 거짓말.

막막함과 지루함.
방황과 불안감.

어색함

이방인

의문

권태

미련

돌아보니
나를 알아가던 시간들,
새로운 환경에
적응하던 시간들.

수줍고 내향적이었던 나는

언제부터인가
새로 만나는 사람들과
쉽게 말을 섞고
자주 웃음을 터뜨리기 시작했다.

부족한 언어는
그림과 웃음이 채워주었다.

그리고
용기가 생겼다.

여행을 위해
일을 하고

일을 하며
여행을 했다.

내가 좋아하는 것이
무엇인지 알았을 때

그것을 위해서
달리고 누릴 때

남의 삶을 들여다보거나
다른 이의 시선을
의식할 겨를이 없었다.

억만장자도,
아름다운 모델도
부럽지 않았다.

무엇을 시작하기에도
부족함이 없는 나이, 서른.

남들이 만들어준 길이 아닌,
내가 만든 길로 걷는 요령을 배운 후엔
새로운 세상이 펼쳐졌다.

앞만 보고 걷던 나는
위에서 아래를 내려다보고
아래에서 위를 올려다보았다.

서른 즈음에

스물여덟 살, 무언가 일어날 것 같지만 아무 일도 일어나지 않는 나날이 이어졌다. 퇴근하면 씻고 나와 물건을 정리하거나 집안 구석구석을 닦았다. 어수선한 머릿속 대신 집이라도 치우고 나면 마음이 풀렸다. 그런 나를 물끄러미 바라보던 엄마가 웃으면서 한마디 툭 건넸다. "얘, 덕분에 집이 반짝거리니까 좋긴 한데 말이야, 일이 잘 안 풀릴 땐 하던 것들을 잠시 내버려두고 앞으로 나아가보는 것도 괜찮아. 집이야 또 어질러지지 않겠니?"

하루는 짧았고 반복되는 일과가 일상을 채웠다. 더 늦기 전에 삶에 변화를 주고 싶은 생각이 들었지만 그러기엔 이미 나이도 들고 일도 바빴다. 하지만 언제 나이가 줄어들 것이고, 언제 덜 바빠질 것인가? 굳이 멀리 떠나지 않고도 제자리에서 내적 모험을 할 수 있는 방법을 알려주는 책들과 무탈한 일상에 감사하자고 속삭이는 책들이 눈에 띄었지만 마음에 와닿지 않았다. 나이 서른을 앞두고 주변에서 결혼 이야기가 들려오니 더욱 초조해졌다. 이 시기를 놓치면 인생에 한 번쯤은 있을 거라 기대했던 모험의 기회가 사라져버릴 것이었다.

오랜 고민 끝에 다니던 직장을 그만두고 일 년 동안 떠나기로 결심했다.

기간과 학비, 언어 능력 등을 고려해 일 년제 석사 과정이 있는 영국의
킹스턴대학교 '일러스트레이션과 애니메이션' 학과에 등록했다.
디자인이나 순수 미술의 일부로서가 아닌, 일러스트레이션과
애니메이션 분야의 특화 과정이 있다는 것이 마음에 들었다.

사실 학위 과정은 당시 내 나이의 한국 여성들이 겪어야 했던 사회적
틀과 편견에서 벗어나기 위한 구실에 가까웠다. 목표는 단 일 년
만이라도 내가 원하는 방식대로 혼자 생활해보는 것이었다.
『피터 팬』『피터 래빗의 모험』『아기곰 푸』『이상한 나라의 앨리스』
『셜록 홈즈의 모험』『해리 포터』시리즈처럼 유수한 명작들이 탄생한
'이야기의 나라' 한가운데에서 살아보고 싶었다. 모르는 길 구석구석을
여유롭게 돌아다니다가 지치면 이층버스를 타고 나만의 방으로
돌아가고 싶었다.

물론 늘 수줍은 것은 아니었지만,
학창시절 이런 습성 때문에
많은 배움과 경험의
기회를 놓쳤던 것이
못내 아쉬웠다.

영국에서의 일 년이라는
시공간 속에서는 내가 두려워하던
상황들과 직면해보고 싶었다.

다시 한번 학생으로서.

116

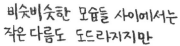

비슷비슷한 모습들 사이에서는
작은 다름도 도드라지지만

인종의 용광로 같은 런던에서는
사람들의 생김새나 문화가 이미
너무 다양했기 때문에

'다름'이 '틀림'으로 느껴지지 않았다.

이러한 환경 속에서라면
서로의 개성이 인정받고 존중받을 수
있을 거라 느껴져서
숨통이 트였다.

부끄럽다고?
왜?

인간은
개구리다
개구리다

그게 네 성격이면
괜찮지만, 불편하면
집어치워. 안간 별거
아니야. 인간은 다
개구리야. 부끄럼
때문에 하고픈 거
못 하는건 인생의
낭비라고.

취하면

NATASHA 러시아 (여·27세) 행동파

내 기억에 별남이
별스럽지 않던 곳.
유별남이 장려
되던 곳.

부끄러움이란 게
왜 존재할까?

호르몬 작용 아닐까?
도파민 세로토닌처럼?

아님 강자 앞에서
약자가 가지는
자기 방어 기제?

또는 과도한
자존감?

과거의 트라우마?
유전자?

HUSSEIN 파키스탄
(남·32세) 수다쟁이 분석가

생긴 대로 살아가는 것이 유난스러운 고집이나
한심한 뒤처짐이 되지 않던 공간.

ㅋㅋㅋ

어...
음...

나는 너보다 더 SHY... 흠...부끄러운 성격도 기질 이라서...

(영국판 ↗
동공 방황)

굳이 바꿀 필요는 없...

너는 아티스트이고...

DAVE 영국 (남·20세) 수줍파

그리고 실제 그곳이 그런 곳이라는
사실과는 별개로, 내가 그곳을 그런 곳으로
느끼면서부터 변화는 시작되었다.

왜 SHY한 건데?!!!
귀여워!!!

HAIFA
튀니지
(여·26세)
낭만파

... 본 수업 전 외국인들을 위한
영어 수업, PRESESSIONAL COURSE.

... 어라? 내 목소리가 들려?

120

그 해 여름, 나는 내가 만든
틀에서 벗어나는 연습을 했다.
그 교실에 있던 세계인들은
나를 아시아에서 온 작은 사람으로
영원토록 기억하겠지.
고맙다 NATASHA♥

121

나의 지도 교수는 머리가 하얗게 센 장난기 많은 표정의 할아버지 '로빈'이었다. 첫 수업에서 로빈은 제각기 다른 나라에서 온 여덟 명의 학생들에게 색종이와 판지, 가위와 물풀, 노끈 등의 재료를 나눠준 후 '범죄'를 테마로 작업해볼 것을 주문했다. 그리고 삼십분 후에 작업물을 벽에 붙이라고 했다. 새학기의 낯선 분위기를 싫어하고, 끊임없이 발표하고 제출해야 하는 학교생활을 지긋지긋해하던 내가 자발적으로 이런 공간으로 돌아와 앉아 있다는 게 어처구니없었다. 색종이와 유아용 가위를 가지고 삼십분 동안 뭘 만들어야 할지도 몰랐다. 그러나 당황한 건 나뿐이었는지, 다른 학생들은 고개를 숙인 채 뭔가를 열심히 만들기 시작했다.

그림을 공개적으로 평가받는다고 생각하니 진땀이 나기 시작했다. 내 머릿속 공간은 '바보'라는 두 글자가 다 차지해버려서 다른 아이디어가 비집고 들어올 틈이 없었다. 초침 없는 벽시계가 째깍거리며 날 재촉하는 것 같았다. 내 작업물은 유치했다. 이런 상태로 평가받으니 차라리 제출하지 않는 편이 나을 것이었다.

그림들이 하나둘 벽에 걸렸다. 나란히 붙이니 학생들의 특징이 한눈에 드러났다. 로빈은 그림을 보며 차례차례 이야기를 이어나갔고 학생들은 서로의 작업을 보고 웃거나 질문을 하기도 했다. 내 차례가 되었고, 공간은 비어 있었다. 창피했다. 화기애애한 분위기와 동떨어져 나 홀로

먼 우주에 점처럼 떠 있는 기분이었다. 다음에 벌어질 상황을 모면할
수만 있다면 태양계를 벗어나도 괜찮다고 생각했다. 그런데 로빈은 잠시
눈을 감고 코를 찡긋거리더니 이윽고 말을 이었다.

"Oh, who drew this? Nobody? Well, nobody drew this? How could he
draw like this…?"
"누가 이 그림을 그렸지? '노바디'? 흠, 노바디가 이 그림을 그렸나?
어떻게 이렇게 그릴 수 있었지…?"

내 이름은 끝내 호명되지 않았다. 로빈은 상상력을 발휘하여 장황하고
능청스럽게 '보이지 않는 그림'에 대해 설명한 후 다음 그림으로 걸음을
옮겼다. 무사히 넘어갔다기보다는 그 빈 공간이 내가 어떤 사람인지를
소개해버린 것 같았다. 그날 로빈이 숫기 없는 신입생을 배려해준
것인지, 아니면 고도의 망신을 준 것인지는 알 수 없지만 그건 크게
중요하지 않았다. 수업을 거듭할수록 로빈이야말로 나의 콤플렉스와
성향을 이해해준 유일한 선생님이라는 생각이 들었기 때문이다.

"나는 모든 종류의 즐거움을 믿어."
그것은 로빈의 신념이었다.

"유진, 왜 연필을 좋아하는 거야?"

"그냥 연필이 좋아요. 익숙하고, 지울 수도 있고, 안전하게 느껴지고요."

"연필이 좋으면, 연필로 그려. 하지만 연필이랑 아주 친해져야 돼.
스킬이 좋다고 꼭 친한 건 아니야. 크든 작든 자기를 잘 표현하고,
사람들 마음을 움직이는 게 제일 중요해. 너 오른손잡이지? 오늘은
왼손만 사용해서 그려봐."

"왼손만으로요?"

"그래, 네댓 살 어린이들처럼 그려봐. 오늘은 따분한 원근법 따위
잊어버리라고."

난처한 표정을 지으면 로빈은 윙크하며 장난스럽게 웃었다. 로빈은,
내가 그림으로 과제나 일을 하기에 앞서 재미있게 노는 법부터 다시
배워야 한다고 했다. 심부름을 할 땐 빨리 물건을 사서 집으로 돌아와야
하지만, 그림 그릴 땐 아무데나 가다가 길을 잃어도 된다고 했다. 애정을
가지고 주변을 관찰할 줄 알고, 물건과 대화를 나눌 수 있어야 한다고
했다. 학생들을 향한 로빈의 조언은 그때그때 달랐고, 실제로 누군가는
나와는 전혀 다른 방향의 조언을 받기도 했다.

로빈은 면담하는 학생을 앞에 앉혀놓고 눈을 감은 채 한참 동안 생각에
잠겼다가 입을 떼는 버릇이 있었다. 말과 말 사이에 뜸을 들이는 시간도
길었다. 어떤 학생들은 그런 그를 답답해했고, 이 때문에 로빈은 '잠자는

(숲속의) 아름다운 로빈' 또는 '명상가 로빈'이라는 별명을 얻기도 했다.
하지만 긴 정적 후에 나오는 로빈의 말 중에는 꼭 기억하고 싶은 말들이
있었다.

"유진, 지금 너한테 필요한 게 뭔지 알아?"
"잘 모르겠는데요. 발표력?"

또 한번 뜸을 들인 후, 로빈은 한글로 내 이름과 로빈의 이름을 어떻게
쓰는지 물어봤다. 그리고 볼펜을 잡더니 앞에 놓여 있던 A4 용지를
반으로 접어 짧은 글을 적어주었다.

유진

You need to make Mistakes

로빈

"You need to make mistakes."
"바로, 실수야. 넌 실수를 해야 돼."

"창의적인 생각은 다 실수와 놀이에서 나오는 거야. 즐거움 없이는
재미있는 그림을 그릴 수 없어. 이 종이를 주머니 속에 넣고 다니다가
가끔 꺼내봐. 남들을 생각하지 말고 너 자신만을 위해서 그림을 그려봐."

나는 대학 시절에 디자인 일을 시작했다. 의뢰를 받으면 의뢰인을

만족시키기 위해 최선을 다했고 마감도 성실히 지켰다.

하지만 언제부터인가 스스로의 즐거움을 위해 그림을 그린 적은 거의
없었다. 주제 없이 흰 종이를 마주하기라도 하면 긴장감으로 가슴이
두근거렸다. '자유'나 '표현'이라는 말이 부담스러웠다. 차라리 4B
연필로 눈앞에 놓인 물건을 똑같이 묘사하라는 식의 구체적인 요구가
마음 편했다.

나는 주어진 시간 안에 석고상 소묘와 5단계 구성을 완성시키는
주입식 입시 미술교육을 받은 세대이다. 내가 다니던 홍대 앞의 입시
미술학원은 그러한 시험에 완벽히 대비하기 위한 곳이었고, 높은 대학
합격률로도 유명했다. 보지도 않고 그리스 석고상을 완벽하게 그려내는
언니 오빠들의 손놀림은 신기에 가까웠고, 매년 입시일이 다가오면
분위기는 한층 험악해졌다. 시간 안에 소묘를 완성하지 못하는 사람들은
공개적으로 망신을 당했는데, 더러 그림을 찢기거나 체벌을 당하기도
했다. 같은 교육 과정을 겪고 선생님의 자리에 서게 된 대학 선배들은
입시생들에게 나름의 연민과 애정을 가지고 있는 것으로 보였다.
이 고된 과정이 학생들의 밝은 미래를 위한 일이라는 말을, 선생님도
우리도 믿었다. 입시장에서 실수하면 우리의 미래도 절단나는 것이니
노는 것은 대학 합격 이후로 미루라는 말도 귀가 닳도록 들었다. 4절
크기의 백지가 걸린 이젤 앞에 앉아서 수업 시작을 기다리는 학생들의
표정은 앞에 놓인 석고상 카라칼라 장군의 표정보다 비장했다.

엄청난 연습량과 공포스러운 분위기는 학생들의 데생 실력을 급속히
향상시켰다. 학생들은 빛과 그림자의 관계나 양감에 대해 배웠고,

원근법을 터득했다. 그러나 시험장에서 소묘 대상을 주의 깊게
관찰하거나 독창적으로 표현하는 모습을 보기는 어려웠다. 입시생들은
자신이 외운 각도에서의 형태와 빛을 기록하기 바빴다. 시작종이
울리자마자 시험장을 가득 채운 연필 소리는 전속력으로 달리는
경주마들의 말발굽 소리 같았다. 나는 네 시간 안에 석고상 비너스의
옆모습을 그럴듯하게 그려냈고, 미술대학에 합격할 수 있었다. 소묘를
좋아했고 눈에 띄지 않는 환경을 선호했기 때문에 그 시간들이
고통스럽지만은 않았다. 문제는 후에 그림에 정답이 있다고 믿게
되었다는 것, 그리고 평가받는 것에 공포를 갖게 되었다는 사실이다.
물론 같은 환경에서도 길들여진 습관을 깨끗이 던져버리고 자기만의
길을 걷는 당찬 예술가들이 있었지만, 대학생이 됨과 동시에 더이상
그림을 그리지 않아도 된다는 사실에 해방감을 느끼는 친구들이 훨씬
많았다.

"속도를 늦추고 그림을 즐겨도 돼. 너무 빨리 그리다보면 그림 그리는
즐거움을 놓칠 수 있으니까. 자기가 어디로, 왜 가고 있는지도 모르게
되지."

대학 졸업 후 나는 디자이너 겸 일러스트레이터가 되었지만, 실수를
완벽하게 되돌릴 수 있는 단축키 Command(Ctrl)+Z에 의존하지 않으면
작업을 진행하기가 어려웠다. 거침없는 손작업과 우연적 효과를
강렬하게 동경하면서도 마음에 제동이 걸린 것처럼 망설여졌고, 그것이
내 작업의 결과에 한계를 지었다. 익숙한 자리에서 훌쩍 떠나고 싶었던
것은, 반복되는 오류 공식으로부터 벗어나기 위한 시도였을지도 모른다.

일 년이라는 짧은 기간 동안 로빈은 나의 기를 살려주려고 노력했다. 엉뚱한 생각들이 이어지도록 부추겼으며 실없는 아이디어에도 장단을 맞춰주었다. 언젠가 로빈이 나를 '스마트 쿠키Smart cookies'* 라고 부른 적이 있는데, 나는 그 뜻을 제대로 찾아보지도 않은 채 로빈과 학생들 앞에서만큼은 '나는 주눅든 입시생이 아닌 생각이 샘솟는 과자다'라며 스스로에게 최면을 걸기 시작했다. 그동안 숨겨왔던 콤플렉스와 성정을 드러내고 작품 소재로도 활용했다. 하얀 도화지 앞에서 머릿속이 백지가 되어버리는 상태조차 표현의 소재로 삼아보았다.

그 결과 어딘가로 숨으려다 들켜버린 캐릭터들이 작업물 위에 등장하기도 했다. 두서없이 떠오르는 생각들을 입 밖으로 내고 나면 발상들이 저절로 연결되어 재미있는 장면이 만들어졌다. 작업 과정에 대해 설명하다가 학생들과 눈이 마주쳐도 더이상 떨리지 않았다. 내 이야기가 그들에게 흡수되고 있다는 사실에 오히려 집중력이 강해졌다. 주목받는 순간이 편안할 수 있다니, 생소한 경험이었다. 로빈의 '스마트 쿠키' 요법은 확실히 효과가 있었다.

"We don't see things as they are, we see them as we are."
"우리는 대상을 실재하는 대로 보지 않는다. 우린 대상을 우리답게 본다."

* 어려운 상황을 잘 다루는 사람을 일컫는 말.

128

그래, 난 배우고 체험하러 온거야. 숨고 부끄러워할 시간이 없어.

오늘은, 누굴 만나도 눈길을 피하지 않을거야!

눈을 깜박이지도 말자.

친구 사이에 눈을 깔다니 바보 같아.

야, 방금 우리가
볼게 뭐냐.

이건 가서 올려주고
싶다.

아무리 다양성을
존중해야 한다 해도···

이런 모습으로 거리를
활보하는 많은 남성들을
보았는데 왜 때문인지
아시는 분들은
제발 알려주세요.

LIFE DRAWING

야, 나 앤드류
팬티 색깔이
너무 산뜻해서
그림을 못
그리겠어.

너무 바쁜거
아니면 잠깐
거기서 책
읽고 있어봐.

슥슥

남이사 얼음을 갉아먹든
흙을 파먹든

콩나물 팍팍
무쳐

...

네가 뭔데...
이래라 저래라...

보글보글

후

팍팍팍

땡-호와-

🪶 유진의 일기

'치'는 평소 콧배기도 안 보이다 밥 먹을 때만
되면 부엌을 화려하게 장악하는 중국애다.
찬장에 도마만 세 개, 칼은 용도별로 무려 여섯개나
있다. 요리하는 재료도 신선하고 다양해서, 너희
중국인들이 세상에 못 먹는 것도 있냐고 물으면
단호하게 없다고 대답한다. 지구
위에 있는 것이라면 다 먹어치울
수 있고, 어쩌면 인간도... 친구들은
치가 이성을 잃을 정도로 배고파
지는 일이 없도록 협조하기로 했다.

🪶 치의 일기

기숙사에 매일 저녁 냉동실에서 무시무시한
걸 꺼내서 전자레인지에 돌려먹는 애가 하나
있다. 마침 마트에 다녀온 터라, 재료가 남아
아끼는 욕으로 솜씨발휘 좀 했더니 사뭇
감동한 표정이다. 인류를 사랑하는
마음으로 오늘도 이 땅 위의 불쌍한
인간 한 명을 구제했다. 띵호와
요리 죠와 정말 죠와.

정말? 눈동자 색이 일조량에 따라 변한다고?

응. 그래서 난 그날의 날씨나 눈동자 색에 따라서 옷을 코디해.

— 가끔 에메랄드 그린으로 보일 때도 있어.

클라우디아, 독일

그날따라 햇살받아 빛나는 클라우디아의
눈동자가 푸르렀다. 하지만 저녁에 다시
만난 그녀의 눈은 거의 검은색처럼 보였다.
저녁이 되니 일조량이 줄어 동공이 이완된 것이다.

아나스, 그리스

그리스는 신들이 사는 나라인 줄 알았는데
인간들이 사는 나라였다.
조각같이 생긴 인간들.

데이브, 남아프리카 공화국

마사코, 일본

마사코는 좋은 친구였지만
역사 이야기만 나누면
내 속이 뒤집어지곤 했다.

기숙사 한 층에 8-10개의 방이 있었고,
각 방엔 서로 다른 국적의 친구들이 지냈다.
서로의 문화에 대해 허심탄회하게 물을 수
있는 공동부엌은 지구의 축소판 같았다.

현이는 말수가 적지만
누구보다 환하게 미소지을 줄
아는 친구였다. 그녀는 뛰어난
시각적 감각을 가지고 있었다.
몇 가지나 되는 종류의 카메라들을 들고
아름다운 곳을 찾아 다녔다.
자신을 멋지게 꾸밀 줄도,
쏟아지는 시선과 찬사를 즐길 줄도 알았다.

나는 큰소리로 자주 웃음을
터뜨렸다. 크고 투박한 가방
속에는 늘 몇 권의 빈 노트가
있었고 아무데나 걸터
앉아도 신경쓰이지 않을
옷을 즐겨 입었다. 나는
사람들을 관찰하고
하루를 기록하는 것을
좋아했다.

141

반복되는 관찰과 기록을 통해,
나는 하루 당 사람들에게
주어지는 자원에는
한계가 있으며

'습관적으로' 먼저 소진해버리는
행동이 자신의 인생을
채우게 된다는 걸 느꼈다.

그녀는 나날이 아름답고
세련되어졌지만,
재정관리를 재정비해야 했고

나는 이야기와 기록이
차곡차곡 늘어가는 대신
나날이 촌스러워졌다.

그러던 어느 날, 그녀는 나에게
달콤한 제안을 했다.

그녀는 정말 재능이 있었다.
거울 속의 나는 다른 사람 같았다.

런던의 야경은 아름답고
카페는 고풍스러웠다.
마음이 이상하게 들뜨고
이야기는 흥미진진했지만

모든 낭만이 사라지는 건
한순간이었다.

어?

그런데
유진아,
네 뒤에
걸어놨던
가방이
어디 갔지?

왝

가, 가, 가,
가방이
없다고?

철렁

없다

왝

없다고?

사
라
진
가
방
②

황량한 마음으로 친구와 밤거리를
둘러보았지만 가방의 흔적은 없었다.

시간이 지날수록 희망이 사라졌다.
낯모르는 이의 차가운 손이 내 가장
은밀하고 사사로운 소지품에 손을 댔다는
사실이 소름끼쳤다.

애타는 마음으로 다시
카페를 둘러보았다.

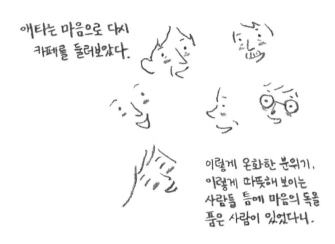

이렇게 온화한 분위기,
이렇게 따뜻해 보이는
사람들 틈에 마음의 독을
품은 사람이 있었다니.

아니야,
난 괜찮아

그보다는
네 물건들이

친구가 나에게 웃음을 주고
싶어 한 행동이었는데
자신의 웃음마저 잃었다.
가슴이 무너지는 기분이었다.

그해 영국유학준비
과정과 영국에서의
첫 체험이 담긴
일기장이 사라졌다.

이제는 단종되어버린, 많은
추억이 담긴 나의 첫 카메라도.
다른 이에겐 한갓 쓰레기에
불과할, 나의 보물들.

다음날 일어나고
그다음날 일어나도,
의식이 깨기 전에
가슴부터 콕콕
쑤셔왔다.

우리가 한 일이
아닌 것에 대해
우리는 서로 죄책감을
가졌다. 친구의 얼굴을
어떻게 보나. 어떻게
갚을 수 있을까.

트라우마란
무섭다.

한동안 가방에 중요한 것을 넣는 것이
두려웠다. 마치 가방 속에 블랙홀이
있는 것 같았다.

사람은 누구나 문제가 생겼을 때
그 원인을 되짚어보게 된다.
내가/네가 그때 ~했더라면.
혹은 ~하지 않았더라면.

149

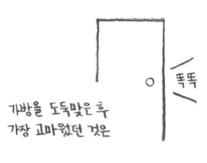

똑똑

가방을 도둑맞은 후
가장 고마웠던 것은

유진아,
마음이 아플 땐
먹는 게 최고야.

먹자 먹자

우리 먹고 힘내자.

친구의 마음씀씀이.

찡

대박

완전
맛있지

벌어져버린 일은 바꿀 수 없다. 우리는
이미 많은 것을 잃었는데 좋은 관계마저
잃고 싶지 않았다. 그녀는 자신이 기분좋게
제안한 일에 대해 내가 죄책감 느끼지 않기를 바랐고,
나 역시 그녀가 어색함을 느끼지 않기를 바랐다.

한 아시안 학생의 가방 도난 사건은
삽시간에 기숙사 전체로 퍼졌다.

그날 나는 정말 많은
마음들을 받았다.

그리고 재물로 인해
받은 상처를
따뜻한 마음들이
치유해주는 것을 경험했다.

무뚝뚝한 중국인 차가
써준 글씨는 날 한번 더
생각하게 해주었고

거리의 철학자 같은
그리스인 아마르시아의 말은
날 웃게 했다.

파콘의
특별배달도 있었다.

그리고...

파쿤.

이게 뭐야.

유진, 이건
내 알바 첫 월급인데
제발 받아줘.
나를 혼내지 말고.
왜냐면 돈은 원래
흐르고 흐르는 거고...

내 참 누가 남의 가방에 함부로 손대래...
죽을라고 땐스하나. 그렇다면 다시
네 가방에 흘려주마.

엄마에게서도 편지가 왔다.
제목은 「소설가가 되는 첫걸음」

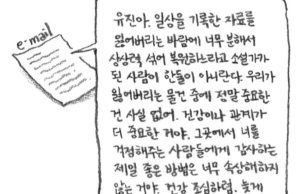

e·mail

유진아. 일상을 기록한 자료를
잃어버리는 바람에 너무 분해서
상상력 섞어 복원하느라고 소설가가
된 사람이 한둘이 아니란다. 우리가
잃어버리는 물건 중에 정말 중요한
건 사실 없어. 건강이나 관계가
더 중요한 거야. 그곳에서 너를
걱정해주는 사람들에게 감사하는
제일 좋은 방법은 너무 속상해하지
않는 거야. 건강 조심하렴. 늦게
다니지 말고!   -엄마가

나는 이 위로들을 현이와 나누었다.

"네 방으로 몰려드는 그 guest들에게 no라고 말하는 방법을 배우지
못하면, 넌 이번 학기에 fail할지도 몰라. 네 방엔 항상 누가 있잖아."
"어, 충고해줘서 고맙지만, 지금은 네가 그 '누구' 아니야?"

우리는 동시에 웃음을 터뜨렸다. 법학 공부를 위해 러시아에서 온
나타샤는 인간으로서 타고난 권리를 친구들이 당당하게 누릴 수 있도록
계몽하고자 하는 인류애를 가졌고, 친목 활동이 생기면 자연스럽게 리더
역할을 맡았다.

기숙사 같은 층에 머무는 일곱 명의 학생들은 국적도 전공도 달랐다.
우리 층에는 튀니지, 중국, 일본, 그리스, 러시아, 인도, 가나에서 온
학생들이, 아래층에는 스페인, 파키스탄, 미국, 일본, 태국, 멕시코,
루마니아에서 온 학생들이 생활하고 있었다. 서로 다른 문화권에서
살아온 사람들이 모이는 곳은 각층에 있는 공동 부엌이었다. 여유로운
저녁 시간에는 부엌에서 우연히 마주친 학생과 농담을 주고받거나
함께 요리하며 두런두런 일상적인 이야기를 나눴다.

역사와 종교 같은 민감한 화제는 꺼내기 조심스러웠지만 선택적인

농담이나 토론은 가능했다. 더러는 한자리에 있기 힘들 것 같은
사람들이 함께 어우러지기도 했다. 한국인 친구가 일본인 친구와 한
테이블에 앉아 카드 게임에 열중했고, 무슬림인 아랍 친구가 독실한
기독교인인 미국 친구와 공놀이를 즐겼다. 독일 친구와 네덜란드 친구는
원수처럼 으르렁거리면서도 함께 맥주를 마시거나 축구 중계를 봤다.
같은 동의 기숙사생들이 모여서 저녁을 먹는 날이면 식탁 위는 흡사
세계 음식 경연 대회가 열리는 듯했다.

나는 기숙사 같은 층에서 지내는 네 명의 여학생들과 친하게 지냈다.
문화적 배경이 다르고 서로의 언어를 잘 몰라도 또래 여자들의 웃음
코드는 곧잘 통했다. 잠옷 차림으로 테이블에 모여 앉아 연애 이야기를
나누고, 즉흥적으로 맥주를 마시러 펍에 가거나 함께 영화를 본 후
강변에 앉아 수다를 떨다보면 웃음소리가 끊이지 않았다. 건강한
구릿빛 피부를 가진 하이파는 유머 감각과 애교가 많았고, 다문 입이
야무진 나오코는 차분하며 지성이 넘쳤다. 붉은 머리칼의 나타샤는
화통하며 리더십이 있었고, 늘 부스스한 표정에 푸른 옷을 즐겨 입던
아마르시아는 생각이 자유롭고 정이 많았다. 늦은 밤에도 서로의 방에
찾아가 이야기하고 놀 수 있었던 시간들은 마치 시트콤 〈프렌즈〉를 보며
꿈꾸던 외국 생활 같았다.

일러스트레이션과 대학원 동기들은 개성 있고 자기주장이 강한
친구들이었다. 누구나와 마음이 맞는 것은 아니었지만, 모두들 어딘가
선을 넘은 괴짜라는 점에서 편안했다. 격식 없이 농담을 건네는
사람들, 자유로운 옷차림으로 거리를 활보하는 사람들의 모습을 보는

것만으로도 숨통이 트이는 기분이었다. 어쩌면 이것이 인간 사회가 이룰 수 있는 가장 아름다운 모습이 아니었을까? 하루가 멀다 하고 각종 글로벌 이슈와 인종 차별, 테러 등이 뉴스를 채우는 아슬아슬한 세상이었지만, 내가 머물렀던 2005년의 기숙사는 평화롭게 균형을 이루고 있었다.

3장

런던에서는 틈만 나면 하늘을 올려다보았고 아무데나
걸터앉아 지나다니는 사람들을 구경했다. 주변을 더욱
촘촘히 보고 깊이 느꼈던 이유는 런던에서 주어진 시간이
일 년뿐이라 생각했기 때문이다.

늘 가던 길에서 골목 하나만 바꿨을 뿐인데 하루의 색깔이
달라졌다. 문화예술활동을 자주 접하다보니 즐기게
되었고, 즐기다보니 어느새 좋아하게 되었다.

이방인으로서 겪게 되는 외롭고 고된 순간들도 있었지만,
그조차 낭만적으로 느껴졌다. 그곳에서 만난 감각들을
차곡차곡 노트에 기록했다. 새로운 감각적 경험이 주는
재미와 행복을 알게 되면서 해보고 싶은 일에 바로
뛰어드는 용기가 생겼다.

나를 무겁게 누르고 있던 금기들을 차근차근 깨뜨리자
시간이 거꾸로 돌기 시작했다. 나는 빠른 속도로 어린이가
되었다. 그것도 내가 꿈꾸던 모습의 어린이로.

마법의 양탄자

밀크티 만들기

조로록

1. 크고 두툼한
   머그에
   뜨거운 물을
   붓는다.

2. 얼그레이
   티백을
   떨어트린다.

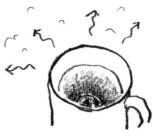

3. 투명한 물이
   은은한 갈색으로
   물드는 것을 지켜본다.

4. 하얗고 차가운
우유를 붓는다.

5. 갈색 물을
흔들며 구름이
피어오르는 것을
지켜본다.

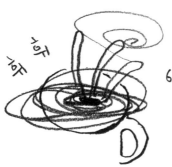

후

후

6. 작은 스푼으로
골고루
저어준다.

7. 마신다.

"지금은 다른 무엇보다
자기 자신이 되는 것.
오직 그것만
생각하세요."

"서두를 필요가 없습니다.
재치를 번뜩일 필요도 없지요.
자기 자신이 아닌 다른 사람이
되려고 할 필요도 없어요."

─ 버지니아 울프

붉은색 사냥

종일 다습한
런던의 겨울 하늘.

…

그런데 이 음습한 기운이 주는 매력은
색채로 가득한 도시가 주는 화려한
매력과 또 다르다.

!

옆방에서 살인사건이 일어나고
지하실에 마법학교로 통하는 문이
있다 해도 놀랍지 않을 듯.

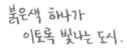
붉은색 하나가
이토록 빛나는 도시.

런던에 오면
꼭 해봐야 할
붉은색 사냥.

발길 닿는 대로

정원이 있는
큰 집보다

햇빛이 닿아 반짝이는
강물이 내려다보이는
작은 다락방이 좋았고

내일이면 어디로든
떠날 수 있는
기동력이 좋았다.

베드버그가 생겨 침대를
내다버리는 순간에도
웃음이 터졌고

투어가이드 일을 하다
소매치기 당했을 때에도
별로 개의치 않았다.

걷고 싶을 때 걷고

쉬고 싶을 때 쉬었다.

태어나서
처음 보는 풍경들.

맡아본 적 없는
냄새들.

경험해본 적 없는
빛깔들.

잠들어 있던 감각들이
낯선 환경 속에서
깨어나기 시작하는
것 같았다.

일상사처럼
익숙해지고 나면
이 모든 것에도
무덤덤해질까?

빛과 그림자는 어디에나
함께 있었고
다양성이 수용되는 곳에서
삶의 여유와 예술적 감각을
만끽할 수 있었다.

처음 느껴보는 기분들에 집중하며
반짝거리는 다양한 사람들과 장소들을
관찰하고 기록했다.

난 비행기 기장이에요.
어렸을 때 〈어린왕자〉를 읽은 후로
내 꿈은 변한 적 없이 비행기 조종사
였지요.

—와

모아둔 돈과
결혼식 비용으로
일 년 계획 세워
여행하고 있어요.

아름다운 것들을
함께 볼 수 있어요.

생각해보지 못했던
다양한 삶의 모습들.

박 터지게
싸우기도
하지만
함께 살아
남으려면
빨리 화해
해야죠!

아무것도 없었을
하루를 빛나게
해주는

평생 이 마을을
떠난 적 없어요.
전쟁이 터졌을 때도요. 남은 생은
이 마을을 그리면서 살 거예요.

Hey, did you
bring this weather?

사흘 내내
흐리더니
당신이
나타나니까
맑아졌네요!

내가 이 날씨를
가지고 와?

!

내가 행운을
가지고
왔다는
뜻?

낯선 타인의
친절한 말 한마디.

양탄자 사용법을
어느 정도 익힌 후에는
이국적인 풍경을
찾아다니는 것이 좋아졌다.

스치면 파생되는
웃음이 좋고,
우연한 만남을
지켜보는 것이 즐거웠다.
크고 작은 기쁨들이
도처에서 발견되었다.

삶에 대한 나의 열정마저
낯선이들로부터도 사랑받는다는
기분이 들었다.
새로운 눈과 다리를
가지게 된 것 같았다.

나는 이제 어디로든
갈 수 있을 것 같고

누구와도 친구가
될 수 있을 것 같았다.

젊음은 영원할 것 같았다.

싹 틔우지도 못하고
죽어버릴 뻔했던,
가슴속에서 꿈틀거리던
무언가가 피어난 느낌이다.
화려하진 않지만
만족할 만한 그 무엇이.

내가 선택한 고생
내가 선택한 인연
내가 선택한 기쁨

직접 이끌 수 있는 육신이 있고
스스로 다듬을 수 있는 생각이 있다는 게 감사하다.

마음에 들지 않으면
바꾸거나
떠나면 그만.

아름다운 것들이
벅차게 밀려오니
그동안은 내가 미처
받아들일 준비가 되어 있지
않았었다는 것을
알게 되었다.

마음이 준비되어
있지 않으면,
기쁨도 스며들 새 없이
지나쳐버린다.

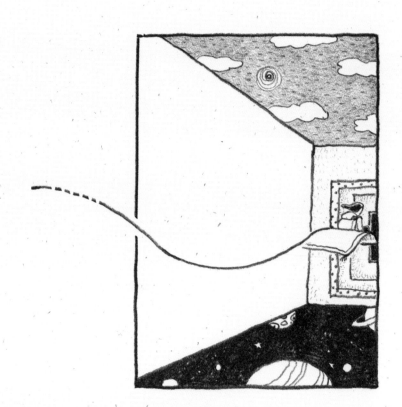

「밀크티 만들기」는 처음 영국 기숙사에 도착한 날의 기억을 그린
에피소드이다. 머그컵 안에서 티와 우유가 천천히 섞이는 것을 지켜볼
만큼 여유롭고 감각이 깨어 있는 순간이었다. 커튼이 바람을 안고
크게 부풀었다가 가라앉기를 반복하는 모습을 바라보고 있었다.
창밖으로는 풀과 나무가 우거진 동산이 보였고, 뉘엿뉘엿 저무는 해를
따라 그림자가 방 안으로 길게 늘어지고 있었다. 별다른 사건 없이
조용히 지나간 하루였지만, 티스푼이 머그컵에 부딪쳐 달그락거리던
소리, 방안으로 날아 들어오던 짙은 풀 내음과 함께 가끔 그날의 정경이
떠오른다.

런던에서는 틈만 나면 하늘을 올려다보았고 아무데나 걸터앉아
지나다니는 사람들을 구경했다. 주변을 더욱 촘촘히 보고 깊이 느꼈던
이유는 런던에서 주어진 시간이 일 년뿐이라 생각했기 때문이다.
생활과 예술이 밀접한 런던의 환경이 주는 자극은 나를 바깥으로
이끌었다. 거리에서는 실력에 상관없이 옹기종기 모여 앉아 그림을
그리는 사람들을 볼 수 있었다. 많은 유명 미술관과 박물관들이 무료로
개방되어 있었고, 우연히 걸어들어간 갤러리에서 렘브란트와 반 고흐의
원화를 감상할 수 있었다. 일 년 내내 야외 기획전과 뮤지컬 공연이
열리는 트라팔가 광장 주변을 비롯해 길모퉁이 작은 가게들까지도
저마다 개성과 예술성을 뽐냈다. 차에 물건을 싣고 와서 골동품을
판매하는 '카부츠 마켓'도 내가 좋아하는 곳 중 하나였다. 사람들은

자신이 가지고 나온 물건에 얽힌 재미있는 사연을 들려주기도 했는데, 오래된 물건을 향한 영국인들의 애착을 느낄 수 있는 이야기들을 들은 것은 즐거운 경험이었다.

늘 가던 길에서 골목 하나만 바꿨을 뿐인데 하루의 색깔이 달라졌다. 문화예술활동을 자주 접하다보니 즐기게 되었고, 즐기다보니 어느새 좋아하게 되었다. 런던에서는 먹구름으로 뒤덮인 길고 지리한 겨울도

있었고 이방인으로서 겪게 되는 외롭고 고된 순간들도 있었지만,
그조차 낭만적으로 느껴졌다. 그곳에서 만난 감각들을 차곡차곡 노트에
기록했다.

새로운 감각적 경험이 주는 재미와 행복을 알게 되면서 해보고 싶은
일에 바로 뛰어드는 용기가 생겼다. 친구와 풀밭 위를 구르고 물속으로
뛰어드는 즐거움을 알게 된 후에는, 기구를 타고 날아오르거나
패러글라이더를 메고 하늘에서 뛰어내리는 것이 짜릿했다. 전에 해보지
못했던 경험을 하는 것이 좋았고, 점점 더 새로운 자극을 원하게 되었다.
이층버스를 운전해보고 양떼를 몰아본 후에는 오로라가 보고 싶어졌고,
사막에서 눈뜨는 건 어떤 경험일지 궁금해졌다. 새로운 사람들을 만나고
신기한 이야기를 듣는 것이 재미있었다. 찰나의 경험을 위해 긴 여행을
계획하기도 했다.

나를 무겁게 누르고 있던 금기들을 차근차근 깨뜨리자 시간이 거꾸로
돌기 시작했다. 나는 빠른 속도로 어린이가 되었다. 그것도 내가 꿈꾸던
모습의 어린이로. 국적과 나이에 상관없이 친구를 사귀었다. 작은
호의와 도움을 주고받는 일들이 즐거웠고, 틀을 살짝 깼을 때 아이처럼
밝아지는 사람들의 표정이 좋아서 스스럼없이 장난을 치는 일도
늘어났다. 당시엔 누굴 만나든 사람들이 내게 호의적일 것이라는 믿음이
있었는데, 그것이 우스꽝스러운 착각은 아닐까 걱정할 필요는 없었다.
나는 젊고 즐거운 에너지로 넘쳤고, 그렇게 믿는 동안은 정말 그러했기
때문이다.

전에 없던 에너지는 예상치 못한 행운을 가져다주기도 했다. 졸업
전시회에서 한 출판사로부터 출간 제안을 받은 것이다. 낡은 초콜릿
공장에서 열린 전시회는 학생들의 개성 넘치는 작품들로 채워졌고,
작품들은 찾아오는 많은 이들의 시선을 받았다. 방명록은 사람들의
피드백으로 빼곡했고, 즉석에서 그림을 판매한 후 기쁨의 환호성을
지르는 학생도 있었다.

지면 속으로 숨어드는 내 그림 속 캐릭터를 마음에 들어한 출판사
직원이, 구석에 있던 나를 찾아낸 것도 바로 그곳이었다.
그는 숲속 요정들과 숨바꼭질하는 내용의 그림책을 만들어보자고
제안했다. 꿈만 같았다. 오래전에 내려놓았던 그림책 작가로서의 꿈이,
이곳에서 사랑받는 기분이 들었다.

마티나의 명화 수업

과학자 프랑켄슈타인에 의해 창조된
이름 없는 생명체.

사랑과는 거리가 먼 외모로 비춰졌지만,

그가 원하는 것은 사랑받는 것이었다.

그는 자연의 아름다움에 감탄했다.
햇살의 따사로움을 느꼈고
새의 지저귐 소리에 기분이 좋아졌다.

모두가 그를
두려워하며
도망쳤지만,

한 소녀는
그에게 다가왔다.

"저랑 같이 놀래요?"

괴물은 행복했다.

귀여운 아이가
반짝이는 강물 위로
꽃잎을 던지는 모습이

아름다워 보였다.

아름다움에
심취한 괴물은
그 행동을
따라 해봤지만

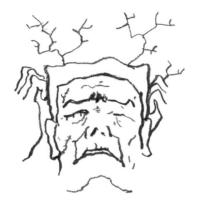

자신이 한 행동의 결과는
아름답지 못했다.

영화

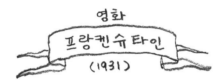

프랑켄슈타인

(1931)

인간이 인위적으로 만들어낸 인간.
무엇이 결여되어 있었나?
악의 없는 두 사람이 만나
화학작용을 일으켜
비극이 일어나는 이유는 무엇일까?

Martina 교수, 영화수업

아직 무슨 일이
벌어졌는지
모르는 채

하늘 높이
날아오르는
풍선을
바라보는
엄마에게
느껴지는
감정.
연민.

끝없이 멀어지는 풍선.
공허함.

주인을 잃고 툭 떨어져버리는 공을
보고 낙심하게 되는 것.

일상을 채우는 것들

사회생활은 나에게
깔보이지 않으려면 깔봐야 하고
손해보지 않으려면 먼저 소리쳐야 하고
사랑받으려면 젊고 아름다워야 하고
존중받으려면 유명해져야 하고
성공하려면 야비함을 알아야 하고
행복하려면 돈이 많아야 한다고
가르쳤지만,

이즈음 인생을 채우는
정말 중요한 것들은
하루하루 안에 있는
작은 웃음, 친절, 용서와
배려라는 것을 자주 느꼈다.

"그림 그리는 능력은 신이 주신 특별한 선물이잖아요."

런던에서 지내는 동안 자주 들었던 말이다. 처음 만난 상대와 어색한
대화를 이어가다가도, '그림책을 만드는 일을 한다'는 말이 나오면
상대방의 표정이 호기심으로 차올랐다. 공항에서 짐수색을 받다가도
그림책들이 나오면, 엄격했던 보안검색 요원들의 표정이 순식간에
누그러졌다. 어린이를 위해 일하는 예술가가 나쁜 일을 할 리 없다며
수색을 중단하고 웃음 띤 얼굴로 나를 보내주었다.

나는 런던에서 일 년 더 머물기로 결심했다. 마침 리틀타이거 출판사와
그림책 출판 계약도 맺은 상태였고, 영국의 사계절을 한 번씩만 더
경험해보고 싶은 욕심도 생겼다. 왜 일 년이 지나면 이 모든 것을 끝내야
한다고 생각했던 걸까? 귀국을 미루기로 결심하던 즈음, 나는 그 어느
때보다 무모하고 자신감에 차 있었다. 걷기 시작하면 길이 생긴다는 걸
알았는데 이제 누가 나를 말리겠는가?

영국에서의 생활을 연장하기 위해서 나는 유학생 겸 근로자가 되었다.
주말에는 맛집을 찾아갔지만 평일에는 스시 바에서 웨이트리스로
근무했다. 한철은 여행객으로 지내고 또 한철은 여행 가이드가 되어
한국인 여행객들에게 내가 좋아하는 런던의 갤러리와 박물관들을
소개했다. 가이드 일을 하면 수입도 생기고 유럽의 역사와 미술사에

대해 보다 자세히 공부할 수 있었다. 한국에서 온 호기심 넘치는 여행객들에게 새로이 알게 된 사실을 알려주는 선순환 역시 즐거웠다.

런던을 베이스캠프로 삼으면 인근의 유럽 국가들을 쉽게 방문할 수 있다는 이점도 있다. 첫해에는 주로 영국 내를 여행했고, 흥미로운 그림책 페어가 있으면 조심스럽게 국경을 넘었다. 해가 바뀌면서 이탈리아, 스위스, 터키 등으로 반경을 점점 넓히며 여행하는 법을 배워갔다. 고생과 시행착오는 이미 내 친구였다. 훌쩍 떠날 계획을 짜는 기분은 설렜고 영국으로 돌아오는 기분은 행복했다. 영국에는 쉴 수 있는 내 방과 반겨주는 메이트들이 있고 단골 마트와 일이 있으며, 여유롭게 걸을 수 있는 익숙한 산책로가 있었다. 무엇보다 집으로 돌아왔어도 아직 여행이 끝나지 않았다는 사실이 나를 안심시켰다.

한 가지 일에 매진하여 큰 성과를 이룬 건 아니었지만 단기간에 다양한 역할과 경험에 몰입해보면서 마치 카멜레온이 된 기분이 들었다. 국제 도시인 런던에서는 기회를 잡으면 경험치를 확장할 수 있었다. 작은 마을 퍼트니에서 낸 내 그림책 한 권이 인근의 여러 나라에 소개되고, 각자의 나라로 귀국한 기숙사 친구들에게 초대를 받은 것도 런던이기에 이룰 수 있는 성취였다고 생각한다. 나는 누구보다 수줍음이 많았고, 여전히 실수와 허점이 많은 사람이었다. 하지만 새로 생긴 용기와 변화들이 겁없이 좋았다. 다음 계절엔 내가 어떤 색으로 변해 있을지 기대되었다.

또 계절이 바뀌었다.
길 위에서 만난 사람들은
정착하지 않았다.
이내 다음 목적지를
발견하고 짐을 싸거나
자신이 원래 있던
곳으로 돌아갔다.

때때로
지치거나 아픈 순간들이
찾아왔지만,
얼마간 쉬고 나면
이내 힘이 돌아왔다.

마지의 것들은
여전히 매력적이었다.

Bye-bye!

때로는 마음이
텅 빈 것처럼
공허해졌다.

어디에라도 기대어 쉬고 싶지만
무중력 공간이라 기댈 수 없다.
쉬려면 내가 스스로 힘을
빼는 수밖에.

이따금씩 전에 없던 의문들이
생기기 시작했다.
내가 걷는 길이 닿을 곳에 대한
의문이었다.

내 몸과 마음 안에서
또 한번의 변화들이
일어나고 있었다.

그리고 어느날 갑자기,
꿈에서 깨어났는데
수학여행의 마지막날이 온 것처럼
집이 그리워졌다.

남들이 다 한다는 이유로 결혼할 필요는
없었던 것처럼
남들이 박수쳐준다는 이유로
떠돌며 살 필요는 없다.

놀 가장 중요한 건
내 마음.

' 가족이 보고 싶고
옛 친구들이 그립다.'

그렇게 뿌리를
꿈꾼 순간

마법의 양탄자는
나를 고향땅에
내려주고

춤을 추며 어둠 속으로
사라져버리더니
다시는 나타나지 않았다.

POP

미련이 너무 크게 남아
안녕이라고 인사도
하지 못했다.

여러 가지 이유로
모든 것을 접고
집으로 돌아왔을 때

원하는 순간들을
맞이했음에도
불구하고

생각보다 긴 적응의 시간이 필요했다.

희
망
이
사
라
졌
을
때

무얼 해도 어중간한 나이.
어색해져버린
원래 내 자리.

그때 나에게
손 내밀어준
사람은

야

스윽

오랜 친구
주현이

여기가 훗날 세계적인
명소가 될 △△ 카페야?
위대한 내 친구가 아직
빛을 보지 못하던 시절
어둠 속에서 세계명작의
초안을 구상하던
그곳!!!

!

해리포터 마니아

"젊은 시절의 한때를
파리에서 보낼수 있다면,
파리는 마치 '움직이는 축제' 처럼
남은 일생에 늘 당신 곁에
머무를 것이다.
내게 그랬던 것처럼."

- 어니스트 헤밍웨이 -

집을 떠난 지 오 년이 흘렀다. 영국에서 해를 거듭할수록 점점 많은
변수들이 생겼다. 체류 자격을 얻기 위한 비용이 계속 늘어났고, 기약
없이 비자를 기다리는 동안은 다른 나라로 이동할 수 없었기에 일 년이
넘도록 한국에도 갈 수 없었다. 발목이 묶인 상태에서 가까운 친구들이
고국으로 돌아가거나 새로운 자리를 찾아 떠나가는 일도 반복되었다.
어머니가 전화를 걸어 전에 없이 그리움을 표현하면 순간순간
공허함이 몰려오기도 했다. 모험을 사랑했지만 가족을 볼 수 없는 게
아무렇지 않은 건 아니었다. 미래를 그려보고 안정된 관계들을 꿈꾸기
시작하면서부터는, 선택의 기준들이 또 달라졌다. 날개와 뿌리는 함께
존재할 수 없는 것 같았다.

막이 내리고 불이 꺼졌다. 스스로 내린 결정이었는데도 불이 꺼지자
무너져내리는 듯한 기분이었다. 예측과 결과가 늘 맞아떨어지는 것은
아니다. 내심 좀더 날고 싶었는데 무리하게 동체 착륙한 비행기가 된
심정이었다. 원래 있던 자리로 돌아와 나 자신을 즐겁게 해주려고
해도 즐거움에 닿지 않았고, 얼마간 회복하는 듯하다가도 이내 다시
무너졌다. 한국에 돌아온 후 한동안 주기적으로 땅속으로 꺼지는 기분에
잠기는 것을 내 힘으로 조절할 수가 없었다. 그때마다 손을 내밀어 날
잡아준 것은 곁에 있는 가족과 오랜 친구들이었다.

여행이 끝났다고 해서 모험도 끝나는 건 아니라는 걸 알게 된 것은

시간이 더 흐른 뒤였다. 새로운 관점과 경험을 갖고 돌아온 원래의
내 자리는 전처럼 갑갑하지 않았다. 아버지로부터 이메일을 받은 건
그맘때였다.

유진아,

오늘 아침에 쓰레기를 버리다가 너의 닳아빠진 운동화를 보고 가슴이
뭉클해졌다. 반 고흐의 〈농부의 구두〉가 생각나 착잡한 마음이 들어서였다.
나는 그것을 버릴 수가 없었다. 너의 삶이, 삶에 임하는 너의 자세가
거기에 고스란히 담겨 있다고 느꼈기 때문이다. 너도 알다시피 반 고흐는
'사물을 잘 아는 방법은 그것을 사랑하는 것'이라고 말한 적이 있다. 나는
그 운동화를 통해서 네가 지금까지 어떻게 살아왔고 또 어떻게 살아갈
것인지, 너의 삶이 얼마나 치열한 것인지 짐작할 수 있었다. 네가 가난해서
그렇게 될 때까지 그 운동화를 신은 것은 아니라고 생각한다. 너는 그동안
혼신의 힘을 다해서 무엇인가에 열중했던 거다.
괴테는 '열성만이 삶을 영원하게 한다'고 말했었다. 네가 그러한 삶을
살아내고 있음을 거기서 읽었다. 너도 그렇게 느꼈는지 모르지만 길
건너에서 작업하고 있는 너에게 이렇게 긴 편지를 쓰고 있는 내가 좀
기이하게 여겨지기도 한다. 우리가 그동안 너무 바빠서 같이 지낼 시간이
많지 않았던 것이 새삼스럽게 안타깝구나!
그 운동화를 잘 보관해두마. 너를 존경하고 그리워하며…

아빠가.

어린 왕자를 꿈꾸다

마술 맷돌

추위를 싫어한 펭귄

타

피터 팬과 웬디

한국으로 돌아온 지 어느덧 십 년도 넘었다. 귀국한 지 얼마 되지 않아
나는 KBS〈걸어서 세계 속으로〉촬영팀과 한 번, 결혼 전 약혼자와 또
한번 영국을 방문했다. 영국에서의 시간을 어찌나 그리워했던지, 내가
발산하고 다닌 간절함이 닿아 그 기회들이 찾아왔던 것 같다. 지금
그때로 돌아가라고 한들 과연 훌훌 털고 갈 수 있을지 의문이지만,
이따금 영국에서 보낸 추억들이 봇물 터지듯 쏟아져나오며 그 시절이
한없이 그리워질 때가 있다.

시내의 어느 카페에서 우연히 본 그림책『Marvellous Maths』의
표지에서 '조녀선 리튼Jonathan Litton'이라는 이름을 발견한 날도 그런
날 중 하나였다. 조녀선은 영국에서 출간되었던 내 첫번째 그림책
『Peepo Fairies』에 의성어와 의태어로 가득한 숲속 요정 이야기를
만들어 넣어준 편집자였다. 당시 그는 이십대 후반의 청년이었는데,
'서른 살이 되기 전에 하고 싶은 일 10'을 쪽지에 적어 주머니에 넣고
다니며 동료들에게 보여주곤 했다. 그 리스트에는 동화책 출간하기,
쌍둥이 형과 높은 산을 등반하기, 배낭 메고 세계 여행하기 등의
항목이 차곡차곡 정리되어 있었다. 여행을 떠나고 싶지만 여건이 되지
않자, 친한 친구와 배 한 척을 빌려 템스강 위에 띄운 후 그곳에서
생활하며 출판사에 출퇴근했다. 그의 행동력에 감탄한 내가 '미친
낭만주의자'라고 부르면 조녀선은 "나는, 그냥 미친 자야."라며 웃곤
했다. 낭만적으로 보이는 배 위의 삶의 실상을 들려주겠다며 기어이

동료들을 부르는 바람에 나도 가까운 펍에서 맥주 한잔을 하며 그의
이야기를 들을 수 있었다. 조너선이 퇴근할 때마다 친구가 옮겨놓는
집을 찾느라 상류에서 하류까지 강변을 뛰어다녔던 경험을 특유의
차분한 목소리로 묘사할 땐 모두들 폭소를 터뜨렸다.

간이 부엌에 흑갈색 강물이 들어찼을 때 세상에 이런 끔찍한 악취가
존재한다는 걸 비로소 알게 되었다는 이야기나 배 주변으로 모여들어
밥 달라고 꽥꽥 대고 보채는 백조가 얼마나 시끄러운지 등의 이야기를
조너선은 맛깔나게 들려주었다. 강바람은 부드럽고, 맥주는 시원하고,
푸념하는 그의 표정은 생기로 넘쳤었다.

그랬던 그가 자신의 꿈을 포기하지 않고 그림책 출판의 길을 걸어
독립적인 동화책 작가로 이름을 얻은 모양이었다. 집에 돌아오자마자
그의 이메일 주소를 찾아 안부 메시지를 보냈다.

   - 안녕, 조너선
유진이야. 잘 지내?
난 한국에 살고 있고, 오늘 서울에 있는 한 카페에서 우연히 너의 책을
발견했어. 이 소식을 들으면 좋아할 것 같아서 사진을 보내. 어떻게 지내?
난 서울에서 가족을 꾸리고 일하면서 재미있게 살고 있어. 하지만 가끔
영국에서 보냈던 시간을 떠올려. 배고프고 우아한 백조들이랑, 빨간
이층버스, 그때 가졌던 삶에 대한 열정과 무모한 호기심 말이야.
영국 소식은 어때?

답장은 불과 몇 시간 만에 왔다.

　- 안녕, 유진!
소식을 듣게 되어서 좋다. 한국에서 내 책을 볼 수 있다니 놀랍고, 사진을
보내줘서 고마워. 잘 지내? 그림은 계속 그려? 나는 지금 싱가폴과
말레이시아를 거쳐 일본의 삿포로에 와 있어. 근사한 기분전환을 하고
있어. 그동안 영국에서 지낸 시간이 너무 길었지 뭐야. 구린 날씨, 비좁은
튜브… 런던은 맨정신으로 도저히 살 수 없는 도시라니까. 하지만 네
그리움도 뭔지 알 것 같아. 이상하지 않아? 늘 닿을 수 없는 곳이 더
아름답게 느껴지는 거 말이야. 인생은 정말 알 수 없어.

그의 말이 마음에 닿아서 미소가 지어졌다. <My Life is Shit but I am
Funky>라는 Konie의 노래 제목도 떠올랐다. 인생에 대해 늘 투덜대고
있는 사람에게서 누구보다 강한 삶에 대한 열정과 에너지가 느껴진다는
게 재미있다. 조녀선의 말대로 영국은 정말 끔찍하고 지겨운 나라이다.
그곳에서 지낸 시간들은 '끔찍하게' 그립고 내 남은 인생에 '지겹도록'
따라다닐, 사랑스러운 나의 한 시절이다.

4장

사랑에 빠지다

영국에서 맞이한 첫번째 여름, 캠퍼스 어학 코스에서
파콘을 처음 알게 되었다. 이름이 '팝콘'과 비슷해서
웃었던 태국인 친구와 서로 연인이라고 생각하게
되기까지는 한참의 시간이 더 흘러야 했다.

파콘은 어린아이처럼 짓궂게 장난치거나 친구들을 놀리기
좋아했고, 주변 현상을 관찰하고 분석하기를 잘했다.
나는 잘 웃고 감동하고 낙천적이며, 즉흥적이고 모험을
좋아했다.

파콘은 내 곁에서 맴돌며 시간을 함께 보내는 것을
좋아했다. 파콘은 여행을 좋아하지 않았으므로 내가
펼쳐가던 모험 자체를 함께하지는 않았지만, 모험이
끝나면 찾아오는 생활의 어려움으로 내 마음이 황량해질
때마다 안식처가 되어주었다.

그러던 어느 날 갑자기 파콘의 웃는 모습이 빛나 보였다.
그 순간이 바로 내 사고마비의 시작이었다.

우연히 스치다

나는 봄이
　　영원히 지속되어야 한다고 생각했다.

젊고
사랑받았으므로.

그리고 그때는 오월이었다.
－베라 브리튼

사랑에 빠지는 순간

정확히 언제부터
시작된 일인지는
기억하기 어렵다.

가랑비에
젖은 옷이

정확히 몇 번째
빗방울을 맞았을 때부터
젖기 시작했는지
알 수 없는 것과
마찬가지이다.

사랑에 빠진다는 것은
알지 못했던
감각의 세상이 깨어나고
깨어 있던 이성의 일부가
마비되어버리는 듯한 체험.

마치 어딘가에 세게
부딪쳤을 때 그 순간의
아픔 외에는 아무 것도
자각할 수 없는 통증처럼

보기만 해도 즐거워지고
가슴이 쿵쿵 뛰는 것.
그것은 사고이고
부상이다.

꽃길로 위장된 험한 여정일 것이
짐작됨에도 불구하고, 이 길이
뚫려 있으니 함께 앞으로 가는 것
외에는 다른 방법이 떠오르지 않는다.

가지고 있던 이성적 사고의
틀이나 입지는
초토화되어버린다.

그래서 홈즈가 말했나보다.

나 홈즈는
이성과 사랑에
빠져 논리정연한
사고체계를
흐트러뜨리는
어리석은 짓
따위 하지
않지.

...명탐정은 똑똑했다.

"파콘, 날 처음 봤을 때를 기억해?"

"너를 처음 봤을 때의 기억? 글쎄? 음… 8월 중순이었는데, 강의실에
한국 애들이 대여섯 명 들어왔고… 그중에 우왕좌왕하는 여자애가 하나
보였어."

"보이기 시작했어? 좋아, 그다음은?"

"그다음… 그 여자한테 식량 구호활동이 필요해 보였어(웃음). 그래서
내가 팟타이랑 그린 커리를 요리해서 갖다줬는데, 너무 맛있게 먹었어.
특히 팟타이를 좋아했지. 나는 계획적인 사람이니까 요일을 정해서 같은
시간에 음식을 전해줬는데 그게 목요일이었어. 네가 처음에는 받기
싫다고 했어. 기억나? 그런데 어차피 레스토랑에서 만들어진 분량이고
다른 친구들과 함께 먹으라고 하니까 받더라? 그렇게 매주 너를
보다가 언제부터인가 못 보니까 섭섭해졌고, 네가 안 보이게 된다는 걸
상상하기 어려워졌어. 너와 함께 있는 시간을 늘리다보니까 내 생활
규칙들이 무너졌고, 새로운 규칙들이 생겼어… 그게 다야. 더 설명하긴
어려워!"

"잠깐, 그 여자가 안 보이게 된다는 걸 상상하기 어려워졌다고?"
나는 회심의 미소를 지었다. 드디어 이야기의 가닥을 잡았다. 시작은
빈곤하지만 마무리는 그럴듯하다.

"상상하기 어려운 건 상상력이 부족해서 그런 거지(웃음). 파콘은 그
여자 없이 이미 잘 살아왔었고, 앞으로도 잘 살아갈 수 있을걸?
하지만 막다른 골목에 선 듯 그렇게 생각할 수밖에 없게 된 건,
사랑 때문에 이성이 마비되었기 때문이야. 그게 바로 그 유명한
'사고마비 현상'이라고! 자, 이 이야기를 책에 써서 수박 터뜨려볼게."

영국에서 맞이한 첫번째 여름, 캠퍼스 어학 코스에서 파콘을 처음
알게 되었다. 이름이 '팝콘'과 비슷해서 웃었던 태국인 친구와 서로
연인이라고 생각하게 되기까지는 한참의 시간이 더 흘러야 했다. 처음
파콘은 나와 대화 코드가 잘 맞는 상대가 아니었고, 나도 파콘에게
그다지 매력적인 여성이 아니었다. 단지 동선이 비슷해서 자주 마주치는
사이였을 뿐이다. 파콘은 수줍음 많은 성격 같았는데 나를 발견하면
신난 어린이처럼 경중경중 뛰어와서 인사를 했고 나는 그런 모습이
귀여워서 웃었다. 어쩌면, 내가 웃으면서 인사했기 때문에 파콘도
경중경중 뛰어오며 인사를 했던 것인지도 모르겠다.

파콘은 어린아이처럼 짓궂게 장난치거나 친구들을 놀리기 좋아했고,
주변 현상을 관찰하고 분석하기를 잘했다. 나는 잘 웃고 감동했으며
즉흥적이고 모험을 좋아했다. 파콘은 내가 언제 어떤 기분일지, 어떤
실수를 어떻게 할지 나보다 잘 예측했다. 허기질 땐 나타나서 요리

솜씨를 선보였고, 날이 추울 땐 커피를 들고 와서 건네주었다. 버스
타기 직전에 동전이 없는 것을 깨달아 난처해하고 있을 때 불쑥
뒤에서 동전을 넣어줬고, 이삿날에도 맞춰 나타나 짐을 들어주었다.
언제부터인가 시간 맞춰 나타나는 파콘을 보는 것이 자연스러운 일상이
되었다.

파콘은 내 곁에서 맴돌며 시간을 함께 보내는 것을 좋아했다. 파콘은
여행을 좋아하지 않았으므로 내가 펼쳐가던 모험 자체를 함께하지는
않았지만, 모험이 끝나면 찾아오는 생활의 어려움으로 내 마음이
황량해질 때마다 안식처가 되어주었다. 그리고 언제부턴가 시시콜콜
그와 이야기를 나누거나 맛있는 것을 함께 먹고 있노라면 위로도
즐거움도 배가 되었다. 지치는 순간에도 웃고 있는 파콘의 익숙한
얼굴을 보면 안도감이 느껴지기 시작했다. 그러던 어느 날 갑자기
파콘의 웃는 모습이 빛나 보였다. 그 순간이 바로 내 사고마비의
시작이었다. 영국에서 만난 우리는 이방인이자 동양인이라는 동질감이
있었다. 사회 제도의 틀이나 타인의 시선에 영향받지 않고 자연스럽게
연인이 될 수 있었다. 하지만 연인이 된 우리를 기다리고 있는 것은
각자의 나라로 돌아가야 하는 현실이었다.

현실로 돌아와보니 파콘은 한국에 와본 적 없는 태국인이었고, 나는
태국이 어떤 곳인지 모르는 한국인이었다. 우리가 함께할 수 있는
방법이 없는 것은 아니었지만 어디에도 무난한 길은 없었다. 좋았던
시간들에 대한 그리움은 여전히 나를 두근거리게 했고, 파콘은 우리가
함께할 것이라는 확신에 차 있었다. 하지만 사랑 하나만 보고 가족과

떨어져 생판 모르는 나라에 가서 살기란, 반대로 상대방을 그의 가족과 고국으로부터 멀리 떨어뜨린 책임을 지기란 어느 쪽도 쉽게 할 수 있는 선택이 아니었다. 걱정하는 사람들 앞에서 강단 있는 척했지만 마음은 고민의 회오리가 휩쓸고 지나갈 때마다 황폐해졌다. 사태를 제대로 보고 판단하려면 두 발을 땅에 굳게 디뎌야 했다. 당시 내 얼굴에 얼마나 근심이 서려 있었던 건지, 하루는 백미러로 나를 물끄러미 보던 택시 기사님이 물었다.

"아가씨, 무슨 고민 있어요?"
한숨이 저절로 나왔다.
"네, 뭐… 저는 이게 제가 가장 원하는 건 줄 알았는데 막상 선택해야 하는 상황이 오니까 제가 할 수 있는 일인지 두렵네요. 이게 어떤 결과를 가져올지도 잘 모르니 더 혼란스럽고요."

가까운 사람에게도 털어놓기 어려웠던 진심을, 어떻게 아무 관계도 아닌 타인에게 선뜻 내놓을 수 있었을까? 앞뒤 없이 내뱉은 푸념에 마음씨 좋아 보이는 아저씨가 자초지종도 묻지 않고 싱긋 웃으며 해주신 말씀이 아직도 귓가에 맴돈다.

"당장은 무언가를 잃는 것처럼 느껴질지 몰라도 가장 소중한 것을 얻게 되는 과정이라 그렇게 아픈 것일지도 모르죠. 원래 살다보면 원하는 걸 다 가질 수는 없는 법이잖아요."

우리는 양가 가족에게 서로를 소개하고 한 해를 더 보낸 후 결혼하기로 했다. 돌이켜보니 다른 이들이 우려하던 것처럼, 국제결혼은 무모한 것이 맞았다. 그리고 파콘이 나보다 조금 더 무모하게 한국으로 날아왔다. 연애와 결혼은 서로 다른 세계였다. 게다가 전혀 다른 언어와 문화를 기반으로 살아온 두 사람이 삶을 합치는 과정에서 생기는 변화는 상상 이상이었다. 우리는 당장 내일의 생활조차 예측하기 어려웠다. 하지만 구태의연한 것이 싫어서 노선을 이탈한 이상, 과거를 돌아보거나 가보지 않은 길을 바라보며 감상에 젖을 시간이 없었다. 인생의 전환점을 맞이할 때마다 우리에게 필요한 건, 무슨 일이 생길지도 모르면서 눈앞에 있는 모퉁이를 도는 용기였다.

반짝반짝 빛나던

안녕? 나는 파콘이야.

나는 화요일에 한국에 왔어.

형이 유진이랑 고향에 마중나왔어.

유진이를 오랜만에 만났어.

많이 보고싶었어.

그녀는 도 마음이 넓어.

그녀는 잘 그림 그리기야.

우리는 운동하구 좋아.

우리는 며칠 뒤 결혼하고 있어.

아침 밥을 같이 먹었어.

아주 맛있었어.

겨울이라서 너무 춥지.

하지만 나는 좋아.

『펀자이씨툰』을 그리기 시작하고 네 번의 해가 바뀌었다. 꾸준히 그려서 떠나보낸 이야기들이 보이지 않게 퍼져나가더니, 다시 내 삶 속으로 돌아와 영향을 주기 시작했다. 가족의 지인, 또는 친구의 친구로부터 내가 그리는 그림을 보고 있다는 말을 전해 듣거나 길 위에서 나를 알아보는 독자와 우연히 마주치기라도 한 날엔 SNS의 어마어마한 전파력을 실감하곤 한다.

에피소드가 새로 올라오는 날에는 댓글이 많이 달린다. 다음 이야기를 기다린다는 말과 자신이 보낸 세월의 일부가 『펀자이씨툰』과 함께 했음을 알려주는 애정 어린 표현들은 작업을 이어나가는 가장 큰 원동력이다. 댓글을 읽다보면 같은 이야기를 보고도 이렇게나 다양한 반응들이 돌아오는구나 새삼 놀랍다. 사람들의 마음속엔 저마다의 영사실이 있는 게 아닌가 싶어진다.

명화 속 태양이 눈부시게 느껴지는 건 화가가 빛이 나는 안료를 사용해서가 아니라, 그림을 보는 사람들이 실제 해를 바라봤던 경험을 떠올리며 감각적 착각을 일으키기 때문이라고 한다. 나는 이야기를 나답게 풀어낼 수밖에 없고 사람들은 자기답게 읽어낼 수밖에 없기에, 나를 떠난 이야기들은 더이상 나만의 것이 아니다. 그런 면에서 『펀자이씨툰』을 통해 내 일상을 그려 보여주고 피드백을 받는 일은 다른 사람들의 이야기를 듣는 일이기도 했다.

흩어져서 떠도는 이야기들을 한 권의 책으로 묶어보자는 출판사의
출간 제의는 어느 날 이른 아침에 보았던 물안개를 떠오르게 했다.
밤새 졸졸거리며 흘렀을 개울물의 표면에 납작 엎드려 있던 물안개가,
작은 거인처럼 뭉게뭉게 일어서는 모습이 아름다워 넋 놓고 바라본
적이 있다. 지금 내게 벌어지고 있는 일이 꼭 그 모습 같다. 작은
거인이 천천히 일어서는 모습은 환상적이었지만, 이내 사라져버리는
물안개처럼 이야기도 인생도 언젠가 잊힐 것이라고 생각하면 한편으론
허무하기도 하다.

먼 미래는 알기 어렵지만, 내가 방금 그려 올린 이야기를 누군가가 보고
웃음을 터뜨리는 일은 분명하게 와닿는 기쁨이다. 그렇기에 나는 오늘도
이야기를 그린다. 어차피 큰 계획을 세워도 뜻대로 되는 일은 별로
없었다. 내가 할 수 있는 일은 하루하루의 계획을 실행하는 것이었다.

감사의 말

낡은 일기장에 아무렇게나 담겨 있던 사소한 일상의 기록들이 책으로
묶이게 된 것은, 전적으로 이 이야기들을 읽고 응원해준 독자분들
덕분입니다.
『펀자이씨툰』을 연재하는 중 여러 가지로 어려운 일들이 있었는데,
많은 분들의 격려와 기다림이 없었다면 긴 시간 동안 아무 보수도
보장도 없는 일을 이토록 큰 즐거움과 집중력으로 끌고 올 수 있었을지
의문입니다.

이 책이 만들어지기까지 많은 힘이 되어준 가족에게 감사드립니다.
부모님은 곁에서 끊임없는 영감과 응원을 보내주셨습니다.
진우 오빠는 그림 재료 후원을 아끼지 않았고, 동생 성우는 파워
첨삭으로 출간 작업을 도와주며 「나답게 산다는 것」 에피소드의 글을
써주었습니다. 가장 가까운 곳에서 삶을 나누며 끝나지 않는 이야기가
되어주는 파콘과 짠이, 그리고 태국의 가족 쿤퍼, 쿤매, 패쉬와 땜에게
사랑을 전합니다.
나와 특정한 역할로 관계를 맺었지만 그 이전에 친구로서, 팬으로서
관심과 사랑을 보내준 우선이 언니와 의정이, 귀염둥이 조카 준서와
지후, 지아, 우혜령 이모랴 정욱이 오빠, 발레리나 민지에게도 애정과
감사를 전하고 싶습니다. 호소력 있는 눈망울로 매일같이 나를 산책으로
이끌며 건강을 지켜준 미루에게는 맛있는 간식을 약속합니다.

이 책은 벗들의 도움이 아니었다면 쓸 수 없었습니다. 똑 부러진
조언으로 도움을 준 지구여행 동반자 주현이, 다정한 위로를 담당한

천리안 영희, 반짝이는 아이디어를 내준 대자연의 어머니 은지에게
고마움을 전합니다. 지금은 멀리 떨어져 있지만 학창 시절의 어렵고
즐거운 순간들을 함께한 오랜 벗 혜욱이, 수민이, 그리고 김보현
선생님과의 기억도 이야기의 중요한 부분이 되었습니다. 손 많이
가는 언니라고 놀리면서도 은근히 자랑스러워해주는 슈나, 월급도
못 받으면서 매니저 역할을 자처하는 경희를 비롯하여 우리 친구가
혹시 유명인이 될지도 모른다는 기대감에 들떠 있는 귀여운 국제 커플
친구들 몽, 쑥국, 연정이, 민영이, 나리, 람자, 성희와 시현, 별이, 그리고
클라라와 승연이에게도 애정을 보냅니다.

재수 작가님, 댄싱스네일 작가님과 헤오나 작가님께서는 책을 엮는
작업으로 어려움을 겪을 때 경험에서 나온 다양한 조언으로 도움을
주셨고, 좋은 시절을 나눈 현이와 영국 친구들은 자신들의 이야기를
책에 담을 수 있도록 허락해주었습니다. 연재와 출간 작업이 진행되는
동안 동네에서 바쁜 척은 혼자 다 한다고 야유하면서도 꾸준히
기다려주고 함께 아이들을 돌봐주었던 동네 놀이터 절친 미연씨,
주연씨, 유민씨가 없었더라면 원고 작업에 진척이 없었을 것입니다.

마지막으로, 관심을 가지고 제 이야기를 지켜보고 출간의 기회를 주신
문학동네 김소영 대표님과 자유롭게 작업할 수 있도록 독려해주신
이보은 과장님, 그리고 손그림 원고를 성심껏 다듬어주신 강혜림
디자이너님께 감사의 말씀을 전합니다. 정성껏 묶은 이 한 권의 책이
『펀자이씨툰』에 보내준 많은 분들의 큰 사랑에 작게나마 보답이 될 수
있기를 바랍니다.

꼭 비추고 싶은
펀자이씨의 영사실

슬픔이 차오를 때

슬픔이 　　　　목까지
　　　　　　　치받쳐
　　　　　　　오르는 날

누군가 나에게

괜찮아?

라고
묻는다면

라고
웃으면서
대답하겠지만

누군가가
말없이
다가와

따뜻이
안아준다면

난
눈물을 쏟을지도
몰라

나답게 산다는 것

과거에는 완벽한 인간상을 그려놓고

어떻게 그에 가까워질 수
있는지 물었다면

요즘엔 각 개인이 실제로 처한
조건과 상황에서

어떻게 최대한 잘 살아갈수
있는지를 묻게 되었다.

자신이 얼마나
부족한지보다

얼마나 더 나아질 수
있는지를 보며
살아가는 태도는
그 자체로
미덕이 아닐까.

키도 하늘에서부터 재는 것이 아니라

두발을 디딘
땅에서부터 재는 것이니

하나의 이상적인 기준을 만들어놓고
그 기준에 자신을 맞추며 사는 것이 아니라

자신에게 꼭 맞는 기준을 찾아내어
그에 가까이 다가가는
창조적인 삶을 사는 것이야말로

'나답게 산다'의 진정한 의미인 것 같다.

* 이 글은 누나의 '누나다운' 삶을 응원하는 동생 성우가 써주었습니다.

펀자이씨툰1
어디로 가세요 펀자이씨?
ⓒ엄유진

1판 1쇄 2022년 9월 20일
1판 3쇄 2022년 10월 27일

지은이 엄유진

책임편집 이보은
편집 염현숙 오동규 김지애 김해인 조시은
디자인 강혜림
마케팅 정민호 이숙재 박치우 한민아 이민경 안남영 왕지경 김수현 정경주
브랜딩 함유지 함근아 김희숙 고보미 박민재 박진희 정승민
제작 강신은 김동욱 임현식

펴낸곳 (주)문학동네
펴낸이 김소영
출판등록 1993년 10월 22일 제2003-000045호
주소 10881 경기도 파주시 회동길 210
전자우편 comics@munhak.com
대표전화 031-955-8888 | 팩스 031-955-8855
문의전화 031-955-3578(마케팅) | 031-955-2677(편집)

ISBN 978-89-546-8851-2 04810
      978-89-546-8850-5 (세트)

인스타그램 @mundongcomics | 카페 cafe.naver.com/mundongcomics
트위터 @mundongcomics | 페이스북 facebook.com/mundongcomics
북클럽문학동네 bookclubmunhak.com

www.munhak.com